異世界に転移したからモンスターと気ままに暮らします

Isekai ni tenni shitakara monster to kimama ni kurashimasu

NEKO NEKO DAISUKI
ねこねこ大好き
Illustration
ひげ猫

ギンちゃん
（人化ver.）
ギンちゃんが人化した姿。
レイヤ（新庄《しんじょう》麗《れい》夜《や》）
本編の主人公。16歳。
人間不信の一方で寂しがり屋。
女性だと頻繁に間違われる。
ギンちゃん
銀狼のモンスター。
警戒心は強いが、身内には優しい。
家庭的なお母さん。

登場人物紹介
Main Characters
ハクちゃん
（人化ver.）
ハクちゃんが人化した姿。
ティア
数多のスライムが合体し、
人化した存在。
ステータスの数値が
異様に高い。
とことんレイヤに尽くす。
ハクちゃん
ギンちゃんの娘。
好奇心旺盛で遊びたい盛り。
とても可愛らしい。

第一章　雑魚《ざこ》スキルだったので追い出されました

「女くせえ！」

高校二年生の修学旅行。

行きのバスの中、クラスメイトが俺——新庄麗夜《しんじょうれいや》を見て、不機嫌そうな顔をした。

俺の座席は、逃げ場のない通路の補助椅子。晒《さら》し者だ。

もちろん先生は注意しない。そういうキャラだと思っているのだろう。

顔が女っぽいという理由で、俺は中学時代からいじめを受けている。

ある意味、慣れていた。だからもう気にしない。

学ランの下に着たパーカーを被る。顔を隠し、耳を塞《ふさ》ぐために。いつもの癖《くせ》だ。

そんな時、突然、目が眩《くら》むほど足元が光った！

「な、なんだ？」

周りのクラスメイトの足元も光っている。突然の事態に俺と同じく固まるばかり。

「どうした！」

先生は大慌てだ。皆の足元を見て顔を歪《ゆが》めている。

先生の足元は何事も無い。その間にも光は強くなっていき、魔法陣を描く。

「まさか、異世界転移？」

俺が呟《つぶや》いた瞬間、体は床が抜けたように、光の中へ落ちた。


「――ようこそ！　勇者たち！」

誰かの声で意識がハッキリする。目を開けると、分かりやすい王様が歓迎していた。

「予想通りだけど……面倒だ」

金髪に豪華《ごうか》なマントに黄金の冠《かんむり》。こんな王様が本当に居るとは思わなかった。

そして周りを見渡すと、俺たちはコロシアムの場所のど真ん中にいた。騎士が武器を構えて取り囲んでいる。警備は厳重、歯向かったら殺されそうだ。

仕方がないので、王様の話に耳を傾《かたむ》ける。

「世界は魔王が率いる魔軍の脅威《きょうい》に晒されている！　どうか我らを救って欲しい！」

王様は長々と、異世界の歴史と事情を説明する。その内容は退屈を極《きわ》めた！

大陸を統一した先祖の話なんてしなくていいし、お前の代で没落したなんてどうでも良い。

つーかお前、勇者が魔王を倒したら、その功績で皇帝継承権を主張する腹積もりか。

一国の王に満足せず、複数の王を統べる、王の中の王を望むとは、強欲としか言えない。

見かけ通り、癇《かん》に障《さわ》る王様だ。止《と》めとばかりにコロシアムの砂埃《すなぼこり》が目を傷《いた》めつけ、じりじりと太陽が肌を焼く。

「炎天下の中、怪我人を立たせたまま、一時間演説した馬鹿将校が昔、日本軍にも居たっけ？」

滲《にじ》む汗を袖で拭う。気温が高い気がする。しかし湿気は少ない。

こんな状況でなければ、リゾート地に来たような気分になれそうだ。

王様の話は端的に言えば、最近古《いにしえ》の古代文字を解読して勇者の召喚魔法を知りました。

半信半疑で試してみたら君たちを召喚できました。

私たちのために戦ってください。報酬は弾《はず》みます。

「ここまでは予想通りだ。だが実際言われると、頭が痛くなるね！」

どう考えても鉄砲玉です。今時のやくざでもやらない。

しかも拉致《らち》っておいて、自分たちのために戦え？

さすが異世界、見た目が中世でも発想は異世界、理解に苦しむね！

「戦うなんて俺たちには無理だ！」

クラス委員長の大山《おおやま》がもっともなことを言う。

珍しく同意できる意見だが、でもどうせ戦うことになる。俺は知っている。

何せ、どうやったら元の世界に戻れるか？　召喚した本人も分かっていない。

「案ずるな！　お前たちには神からの贈り物、ユニークスキル《ギフト》がある！」

どっかに控えていた召使《めしつか》いたちが巻物を運んできた。渡された巻物は西洋の羊皮紙に似ている。

「ステータスオープン、と唱えよ。それでどれほど強いか分かる」

定番だな。今さらながら日本語が通じていることに驚いたけど、召喚魔法があるんだから些細《ささい》な問題だろう。

そもそも論だが、「日本語が通じないので言語を一から勉強してください」って言われたら、間違いなく「お前らが勝手にやれ！」とキレる。少なくとも、俺は絶対に勉強しない。

「ステータスオープン！」

そんなことを思っている間に、周りは次々と呪文を唱える。

順応するのが早いなと思ったが、文句を言っても始まらない。今は状況に流されるしかない。

「ステータスオープン！」

俺も呪文を唱える。

鼓動は、いやが上にも高鳴る。正直、この瞬間だけはワクワクしてしまった。

今まで冴《さ》えない人生だった。いじめられてばかりの最悪な日常だった。

ここでもし、最強のチートスキルを手に入れたら？

クラスメイトを見返すことができる！　いじめたことを後悔させてやる！

そしてステータスを見ると、言葉を失った。

「やっべ！　魔力無限だ！　べた過ぎる～！　逆に弱くねえか！」

「美の女神ですって！　魅了スキルの最上位ってヤバくない？　まあ私なら当然だけど！」

「レベル５００からスタートか！　まいったな〜、俺ＴＵＥＥＥは好きじゃねーんだよな〜！」

「スキル名が天才？　獲得経験値×10万！　何だこれ！　小学生が考えたゲームか！」

クラスメイトは、ステータスが分かると興奮したように大笑いを始める。会話の端々から、最強に相応しいスキルだと分かる。

自分が最強だと分かれば安心できる。だから場の空気は一気に弛緩《しかん》する。

「へたれ！　てめえはどんな能力だ！」

巻物を奪い取られる。でも俺は動けない。

表示されたレベルは1。

獲得したスキル名は、『優しい声』。効果は、「あらゆるモンスターと会話できる」とのこと。

「なんだこれ！　馬鹿じゃねえの！　戦う相手と会話してどうすんだ！　頭お花畑か！」

「雑魚《ざこ》！　ゴミ過ぎる！」

クラスメイトは大笑いする。気持ちは分かるさ。俺だって泣きたくなる。

モンスターと会話できて何の役に立つ？　これが神様からの贈り物？　俺に死ねって言うのか！

「勇者のくせになんてクソなステータスだ！」

突如、王様がブチ切れて怒鳴り声を上げる。

「新庄麗夜！　お前は勇者ではない！　さっさとワシの前から消えろ！」

王様の言葉で兵士たちが槍を構え、俺に突きつける。

兵士たちはマジで俺を殺すつもりだ。殺気がいじめっ子たちの比ではない。ここでぐちゃぐちゃ言えば即処刑だろう。

「分かりました」

両手を上げてコロシアムの出入り口まで後ずさる。下手に刺激したくない。

「じゃあな雑魚！」

「へたれが居なくなって清々したぜ！」

「お前の分まで幸せになってやるからよ！　遠慮なく野垂れ死ね！」

コロシアムは爆笑の渦《うず》だった。誰も俺を引き止めない。

「出て行け！」

王様は顔を真っ赤にして怒鳴るだけ。

後ずさりしながら、ヘラヘラと逃げるしかなかった。

悔しかったが、痛いのはもっと嫌だった。

そしてコロシアムの外まで逃げると、ガコン！　と鉄門が閉じて、入れなくなった。

「一人ぼっち！　でもあいつらの傍に居るよりずっといい！」

グッと背伸びをする。背骨がゴキゴキ鳴って気持ちいい。暑苦しいパーカーを脱ぐと風が気持ちいい！

「くよくよしてもしょうがねえ！　あいつらが居ないってだけでも最高！　魔王も倒さなくて良し！　なら気ままに楽しんでやるさ！」

金もレベルもチートも無い状態で異世界に放り出された。いきなり状況は絶望的だが、腐ってる訳にもいかない。強がりでも胸張って生きる！

何より！　いじめられない！　新生活を！　楽しみたい！

「まずはこの町を調べてみるか」

無理やりでもテンションが上がったのでさっそく町を探索する。

衣食住を揃えるためにもまずは情報だ。

するとすぐに、この世界がとんでもなく物騒《ぶっそう》なことが分かった。

「皆、剣や槍を装備している。あれは魔法使い？　メイス持ち？　日本だったら銃刀法違反だ」

誰も彼も平然と武器を持っていて、それを咎《とが》める奴は居ない。その理由もすぐに分かった。

モンスターがうようよ居るからだ。

その証拠に、大通りの肉屋には、オオトカゲの肉やら、オオカミの肉やら、大サソリの肉やらと見たことも無い肉ばかりが並んでいる。

武器屋は剣や鎧だけでなく、魔剣（本物か？）や魔法の杖を売っていた。

「俺が見たアニメや漫画とそっくりだな！　今はそれがありがたいけどな！」

雰囲気からしてファンタジーですって感じだ。魔物から作られた工芸品や食材も山ほどある。

モンスターがすぐそこに居るのなら、物騒になるのも当たり前か。

「とりあえず、定番の冒険者ギルドへ行きますか」

冒険者ギルドは大通りの一番目立つところにあった。周囲の建物と比べると、とてつもなく大きな建物だ。マンションくらいある。

「しかし、スキルも何も無い俺を仲間にする奴なんて居るかな？」

不安で胸いっぱいのまま、でも笑顔でギルドの門を潜った。

「いらっしゃいませ！　クエスト完了報告でしたら右手へ！　クエスト受注なら左手へ！」

入るとすぐに綺麗な受付のお姉さんが対応してくれた。

「初めてなんですけど」

「はいはい！　分かってます！　見ない顔ですからね！　あなたみたいな美人なら一目見ただけで脳裏に焼き付きますから！」

美人だと……。

「俺は男なんですけど？」

「見たことも無い服ですけど、どこから？　理由は聞きません！　訳アリなんでしょ！　冒険者になる奴なんて全員訳ありですから！」

随分とテンションの高い人だ。見た目は美人なのに、喋《しゃべ》ると残念な感じだ。

「だから俺は男なんですけど」

「さっそくステータスを見せてください！　その後冒険者ギルドへ登録します！　なぜステータスが先か？　実はですね！　ステータスによって位が決まってしまうんです！　最低は銅級で最高は白銀級！　その上に英雄級っていうのがあるんですけどそれは王様しか与えられない特別な位なんでお嬢さんには関係ありませんね！　不平等だと思うでしょ？　分かります！　ですがこれは仕方がないことなんです！　白銀級になるとドラゴンと戦うことになります！　それに最近は魔軍と名乗る軍勢が現れたので、そちらの討伐クエストに強制参加させられます！　つまり最低限の強さが無いとダメなんです！　身の丈に合わない位を得ても死ぬだけです！　以前貴族が金で白銀級になった事件があったんですが、結果は悲惨！　ぐっちゃぐっちゃのミンチですよ！」

「はいはい分かりました分かりました！　それでですね！　俺は男なんですけど！」

「はいはいはいはい！　ごめんなさいね！　私ったらお喋り大好きで！　この前も男性から結婚を前提にお付き合いしてくださいって言われたんですがすぐに無かったことになりました！　このくせどうしたら直りますかね？　お嬢さん知らないですか！」

「ステータスですね！　どうやってお見せすればいいですか！」

イライラしたので怒鳴る！　このままだと話が進まない！　もう美人でも何でもいいよ！

「ごめんなさいね！　この巻物を持ってステータスオープンって言ってください！　巻物にステータスが表示されるので見せてください！」

「分かりましたステータスオープン！」

うっとうしいのでさっさとステータスを見せる。

「あれれ～？　お嬢さん雑魚ですね～これじゃ冒険者ギルドに登録できません！　残念でした！」

「あんた笑いながら言うとか喧嘩《けんか》売ってんの？」

いくら美人でも、満面の笑みで馬鹿にされるとぶん殴りたくなる。

「ごめんなさいね～！　でもこういう性格だから許してちょうだい！」

てへっと可愛らしくぶりっ子する。頭が痛い。

「レベルが低いから登録できないんですね？」

気にしても仕方ないから話を進める。

「はい！　最低でもレベル5は必要です！　その理由なんですけど」

「どうやったらレベルは上がりますか！」

ペースに巻き込まれるな！　放っておくとドンドン話が変な方向に行く。

「怒んないでくださいよ～！　えーとですね。やっぱりモンスターを倒すのが一番早いです！」

「どうしてモンスターを倒すとレベルが上がるんですか？」

想像通りだったけど、不思議に思ったので質問する。

「モンスターの体には魔素と呼ばれる要素があるんです！　これを浴びるとレベルが上がります！　原理として、魔素はこの世界を構成する力の源なんです！　つまり魔素を体に蓄《たくわ》えれば力がモリモリ！　強くなれます！　でもお嬢さんには関係ありませんね！」

「はいはいありがとうございます！」

つまりRPGですね、分かりました！

「俺は今、日銭が欲しくて困ってる。何か仕事はありませんか？」

「う〜ん！　フリークエストなら登録していなくても受けることができますよ！」

書類を一枚渡してくれた。

「主に薬草の採取やスライムの体液の採取にダンジョンの鉱石の採取です！　小遣い稼ぎには良いと思いますよ！　たくさん取ればその分報酬は増えますし！」

ざっくり計算すると、１００グラム１ゴールドで取引だ。１ゴールドの価値が分からないが、文句を言っている暇はない。

「受注したいんですが、どうすれば？」

「フリークエストは受注とかありません！　採取した物を納品すればその都度報酬を払います！」

本当に小遣い稼ぎって感じだ。

「分かりました。どこに行けば採取できますか？」

「スライムなら、城門から１００メートル離れたダンジョンに居ます！　大人しいから採取だけなら簡単でしょうね！　垂れ流す体液を掬《すく》ってくれれば良いだけですから！　まあそれだと質が悪いんで、本当なら死骸《しがい》を持ってきて欲しいんですが、すばしっこいからお嬢さんには無理ですね！」

楽しそうに喋るなこの人は。こっちは必死なのに。

「採取しようと思うので、道具か何か貸してくれるとありがたいんですけど」

「お嬢さん～！　厚かましいですね～！　でも良いですよ！　フリークエストはやる人が少なくて！　素材が足りないからもっとやって欲しいんですけどね～！　割に合わないのかな～！　私も受けないと思いますけどね～！　命がけなのに1ゴールドとか詐欺《さぎ》詐欺詐欺詐欺！」

「ありがとうございます！　早く道具を渡してください！」

「怒らないでよ～！　可愛い顔が台無し！　てへぺろで許して！」

ぶりっ子しながら袋を渡してくれた。一発張り倒してやろうか？

「普通の袋ですね～！　驚きですね～！　1キログラムまで入るので、いっぱい取ってきてください！」

「はいもうありがとうございますね」

予想以上にしょぼい贈り物でがっかりするが、仕方ない。今は袋すら買えない状況だ。

「じゃあ、行ってきます」

ため息とともに立ちあがる。

「いってらっしゃい！　死なないでくださいね～！　美人さんが死ぬと皆が悲しんじゃうから！」

受付嬢は最後まで笑顔だった。最後まで俺を女だと勘違いしていた。もう良いけどね！

「スライムの体液を取るために、ダンジョンに潜るか」

いきなりダンジョンに潜るのは危険だ。右も左も分からない状況では自殺行為にしかならない。

しかし俺には、モンスターと会話できるスキルがある。ならば一つの可能性がある。

「モンスターを仲間にできればちょっとは安心だけど、上手くいくかな？」

前途多難と思いつつ、スライムが居ると言われるダンジョンへ向かう。そこは言われた通り、城門を出るとすぐ近くにあった。

「す、廃《すた》れてる」

ダンジョンの前に来て驚いたのは滅茶苦茶汚かったことだ。

入り口は洞窟のような感じで、周りは雑木林に囲まれている。道中の地面はぼこぼことうねっていた。

入り口には古びた看板があって、「銅級ダンジョン」と書かれていた。吹けば壊れそうな状態で、何年も人が寄り付いていないと分かる。

「入るか」

不安でいっぱいのまま、ダンジョンへ一歩踏み込む。

「松明《たいまつ》持ってくれれば良かった」

入るなりため息。中は真っ暗闇で、1メートル先も見えない。

「スライムちゃん！　居ませんか！」

大声で声掛けしてみる。ひょっこり出てきたら嬉しいんだけど。

「こえ？　なかま？　だれ？」

応えが返って来ちゃったよ！

「姿が見えないからこっちに来てくれ！」

「うん？　だれ？」

ヌルヌルヌルと何かが近づいてくる。相当な数が居るぞ！

「だれ？」

十数匹のスライムが現れた！

「俺は新庄麗夜！　よろしくね！」

「しんじょうれいや？」

ヌルヌルと足元に十数匹のスライムが集まる。小型犬くらいの大きさで、体は半透明の液体。まさしくスライムだ。

「にんげん？」

「でも、ことばわかるよ？」

スライムたちはいったん離れると作戦会議を始める。おしくらまんじゅうしているようにしか見えない。

「突然だけど君たちの体液が欲しい。分けてくれない？」

「たいえき？」

「君たちが出してるヌルヌルだよ」

スライムたちの通った道は、体液でキラキラ輝いている。

ナメクジやカタツムリのような感じだ。血液のように殺さないと取れないんだったら俺が死ぬところだった。

「あげないといじめる？」

ブルブルとスライムたちが震える。

「そんなことはしないよ！　安心して」

俺は微笑《ほほえ》み続ける。さすがに言葉の分かる相手を傷つけたくない。それにレベル1の俺じゃ返り討ちだ。

「あげたほうがいい？」

「いじめないって」

「あげてみる？」

「おなかすいた」

またまたおしくらまんじゅうだ。そして話が纏《まと》まったのか、一匹が代表で前に出る。

「おなかすいた。ごはんちょうだい」

口が無いのに喋るっていうのも、考えると変な感じだ。

「体液をくれたら、何か持ってくるよ」

等価交換。自然の法則だが通用するかな？

「わかった」

ヌルヌルと体液がスライムたちの体から滲《にじ》み出る。等価交換はモンスターも共通か？

「体に触るけどいい？」

地面に落ちた体液よりも体から滲み出る体液のほうが値段が高いから、スライムたちに聞いてみる。

「いいよ」

あっさり了承してくれた。ありがたい！　慎重に体から滲み出る体液を掬《すく》い取って袋に詰める。

「ありがとう！」

袋がいっぱいになったので礼を言う。

「ごはんちょうだい」

プニプニプニと体を寄せて来る。

「すぐ戻るから！　待ってて！」

慌ててダンジョンの外に出る。何となく怖くなった。そしてスライムたちは別段怒った様子も無く、ゆっくりとダンジョンの奥へ消えて行った。

「なんというか、人間と全然違うな。当たり前だけど」

印象はマイペースでのんびり屋だ。

等価交換を持ちかけたのに、こちらが払えないと分かっても怒った様子は無い。人間なら殺されていただろう。

「とにかく！　スライムの体液ゲット！」

十分もしないで1キログラムの体液が手に入った。幸先《さいさき》が良い！　急いで冒険者ギルドに戻る。

「早いですね～！　もう持ってきたんですか！」

冒険者ギルドに戻ると再びあの喧《やかま》しい受付嬢が笑う。

「スライムの体液を持ってきたから報酬をくれ」

「素材を右手の受付に提出してくださいね～！」

「分かりましたよ～」

話に付き合うのは面倒なのでさっさと右手に進んだ。

「結構並んでるな」

完了報告の受付は銀行窓口のような感じだった。違いは血なまぐさい冒険者が座っているところ。

案内を見て、一番奥の人に声をかける。

「フリークエストの素材を持ってきたんですけど」

「さっさと提出しろ」

不愛想な老人が読んでいた本を閉じて欠伸《あくび》をする。態度悪いな。

「随分と綺麗なお嬢さんだ。そんな男っぽい服を着ないでドレスを着れば男が金出すぜ」

「俺は男だ！」

苛立《いらだ》つ手つきでドサリと袋を渡す。

「スライムの体液か。結構状態が良いな。腐りやすいからここまで新鮮な奴は珍しい。土も混じっていない。生意気な口をきくお嬢さんにしては感心する腕前だ」

喧嘩売ってんのかと言おうとしたが、ドサリと二百枚の銅貨が出てきて目が眩《くら》む。

「1キログラムだから10ゴールドじゃない？」

「状態が良いから1キログラム２００ゴールドで引き取ってやる。感謝しろ」

老人は言い終わると欠伸《あくび》をして、再び本に目を移す。何を読んでいるのかと思ったら、どうもエロ小説のようだ。エロ爺め。

「邪魔だからさっさとどっか行け。こっちは忙しいんだ」

憤慨《ふんがい》していると手でシッシと追い払われる。職務怠慢だろ。だがしっかりと大金を渡してくれたから、怒る気は失せた。

「失礼しました」

とにもかくにも僅か三十分で２００ゴールド手に入った。幸先が良い！

「まずはお返しのご飯を買いに行こう！」

大通りに行けば何か買えるだろう。これから先、スライムたちには世話になる。

友好的な関係を築かないと！　そう意気込んで、大通りの肉屋と八百屋を見て回る。

「ちょっと高いな」

肉は安物なら、１００グラム１ゴールドと格安だ。野菜も状態の悪い物なら、１００グラム１ゴールド。

しかしスライムのご飯ならもっと安い奴が良い。利益を考えると、１キログラム１ゴールドくらいか？

そう考えながら見物していると、気になるものを見つけた。

「この肉捨てちゃうの？」

店の脇に積み重なる肉の山を指さす。

「腐った奴だからな」

肉屋の店主は詰まらなそうに答える。腐った食材でもスライムなら食べるかな？

「少しくれない？」

「お前は乞食《こじき》か？　それとも掃除屋か？」

店主はこっちに顔も向けない。やる気ないな。

「掃除屋ってことで」

「売り物にならねえから好きなだけ持ってけ。捨てるのも金がかかるからな」

捨てるのも金がかかる。日本と同じだ。だから日本でエコが流行ってる。

「ちょっともらって行きますね」

「それらはダンジョンの子供毒トカゲの肉だ。腐った奴を食ったらマジで死ぬから食うなよ」

そんな危険な物を無造作に置いとくなよ。そう思いつつも、ありがたく1キログラムの肉をいただいた。

スライムたちが喜んでくれるか心配だけど、赤字は困るからこれで我慢してくれないかな？　だがそんな心配は無用だった。

「おいしい！」

スライムたちは肉の塊《かたまり》に触ると、勢いよく呑《の》み込む。

口が無いので、体を折るようにして包み込み、1キログラムの肉は数秒で無くなった。

「ちょうだい」

食べられなかったスライムが足元にすり寄る。

「腐ってた奴だけど大丈夫だった？」

心配するなら与えるなって話だけど、まあ気分の問題。

「おいしかった」

問題ないようだ。

「また体液をちょうだい」

「いいよ」

すんなりと体液が1キログラム手に入る。

「すぐに戻ってくるよ」

足早に冒険者ギルドへ行く。

「また取ってきたんですか！」

相変わらずハイテンションな受付嬢だ。三度目になると慣れる。

「結構簡単に取れたよ」

「凄いですね～。スライムの体液ってすぐに腐っちゃうから、取るのが大変なんですけどね～」

マイペースな声を無視してフリークエストの報酬をもらいに行く。

「スライムの体液を手に入れたから報酬をちょうだい」

「またか？」

受付の爺さんは胡散臭《うさんくさ》そうに袋を受け取る。

「ほう……確かに体液だ。品質も良い」

再び２００ゴールドくれた。

「ありがとう！　すぐに戻ってくるよ！」

「仕事を増やすな」

不愛想な口は放っておいて再び肉屋に行く。

「捨てる奴全部もらうね」

「勝手にもってけ」

相変わらず舐めた接客態度だ。未だに俺を見ない。日本ならクレーム物だぞ。だがタダで手に入ったので喜んでスライムたちのところへ持って行く。

「おいしい！」

またじゅるじゅると食べる。

「もっとちょうだい」

今度は言われる前に体液を滲み出させる。学習するとは頭がいい。

「食いしん坊だな」

もらうものをもらったので再び冒険者ギルドへ行く。

「またですか！　お嬢さんなのに凄いですね！」

「喧しい！」

受付嬢を振り切る。

「またお前か」

「また俺ですよ」

爺さんから２００ゴールドを受け取って肉屋へ行く。

「また持って行きますね」

「うっとうしいなお前」

再び腐った肉をもらう。

「おいしい！」

むしゃむしゃむしゃ！

「もっとちょうだい」

体液が滲み出る。

「底なしだな」

体液を持って冒険者ギルドへ行く。

「早いですね！　実は私に惚れましたね！　結婚しましょう！」

「笑えない冗談だ！」

体液を提出する。

「またお前か！　どうやった？　まさか冒険者を色仕掛けで落としたか？」

「ぶっ飛ばされたくなかったらさっさと金払え！」

２００ゴールドもらって肉屋へ行く。

「お前本当に掃除屋か？」

肉屋の店主がようやく顔を向けて聞いてきた。

「なんでお前みたいなお嬢様が掃除屋を？」

店主は驚いたように目を見開く。なんでこの町の連中は俺を女だと思うんだ！　どう見ても男だろ！

「俺は男だ！」

「そういう趣味か」

どういう趣味だよ？

「とにかく俺は掃除屋だ！　腐った肉持って行きますからね！」

このままじゃ埒《らち》が明かねえ！　強引に話を進める。

「ま、掃除屋って言うならそれで良いか。金もかからねえし」

古びたスコップと手押し車を渡される。

「何ですかこれ？」

「全部もってけ」

マジで！　めっちゃ助かる展開なんですけど！

「良いんですか？」

「ああ。明日も来てくれ」

店主は清々しい顔で帳簿を見る。ゴミ捨ての費用が浮いたから嬉しいようだ。

「ありがとうございますね～！」

そんな訳でスライムたちに腐った肉を持って行く。

「おいしい！」

また肉が一瞬で無くなる。

「もっとちょうだい」

「食いしん坊だなおい」

再び冒険者ギルドへ行って２００ゴールドを受け取る。そして肉屋へ！　と言いたいが、もう肉屋にはゴミが無い。

しかし他の店がある！　探せばある！　酒場でも薬屋でもどこでもゴミはある！

「廃棄する食材を全部頂こう！」

こうして俺はあらゆる店の生ゴミをスライムのところへ持って行った。

すべての店は俺の行為を歓迎した。最初は疑われたが、すぐに信用してくれた。ゴミ問題はいつでも頭を悩ませるから、当然の結果かもしれない。

「おいしい！」

そしてスライムたちは喜んで食べる。なんというか、悪食《あくじき》な猫や犬みたいだ。

「ふむ……まんぞく」

ようやくスライムたちは大人しくなった。また明日にはお腹を空かせるだろう。

「今日だけで５０００ゴールドの儲けか」

笑いが止まらない！　冒険者稼業だけでこの結果だ。ならば掃除屋稼業も本格始動したらいくら儲かる。想像できない！

「なんかすっげえ上手くいってる！」

廃棄する食材を格安で引き取る。それをスライムたちに与える。

スライムたちは体液を出すから、それを冒険者ギルドへ持って行く。素晴らしき計画、誰も損をしない。

さらにさらに！　廃棄する食材を格安で引き取る話はすでに各店で約束してある。

つまり明日から、掃除屋として開業できるって訳だ。

「楽しすぎ！」

夢見た異世界無双はできなかった。だが俺的にはこっちのほうが楽しい！

「とりあえず飯でも食うか」

興奮冷めやらぬという感じだったが、さすがに疲れたので、ダンジョンの中でキャンプ道具を広げる。

宿屋に泊まってもいいが、クラスメイトと出会うかも？　と考えるとムカついたので、ダンジョンで寝泊まりすることにした。そのための道具はしっかり買った。

「５０００ゴールド……現実だと50万円くらいじゃないかな？」

日本と物価が違うためイコールで考えることはできない。

しかし、大金であることに間違いはない。

何せ宿屋の一泊が50ゴールドだった。

百倍にしたら５０００。日本だと格安のホテルが５０００円前後だったから、イメージとしては間違っていないはず。

「一時はどうなるかと思ったが、結果は上々だ」

モンスターと会話できる。それはつまり、モンスターと交渉できるってことだ。

そしてこの世界はモンスターの素材で生活している。今の俺は素材がタダで取り放題、まるで石油王のような立場だ。

「良いね」

膝の上に乗ってきたスライムを撫でる。

「体液でべちゃべちゃになることを除けば、可愛いね」

噂を聞き付けたのか通路を埋め尽くすくらいのスライムが周りに居る。数百匹を超えているだろう。

「明日から忙しくなるな」

不味い干し肉を食べ終わると早々に寝袋に包まる。何となく、スライムたちが傍に居て、安心した。

第二章　魔物と暮らしていたら魔王になりました……は？

スライムたちと一緒にダンジョンで暮らし始めてから一週間、生活は怖いくらい順調だ。

「おはよう」

「おはよう」

おはようおはようとうるさいので目が覚める。スライムたちが周りをうねうね動き回っている。

「おはよう」

起きると干してあった学ランを手に取る。

「洗濯も掃除もできるなんて……スライム様様だな」

ピカピカで汚れ一つない学ランと、埃一つない周りを見る。ダンジョンの中なのに、驚くほど清潔だ。

これはすべてスライムたちのおかげだ。

彼らは埃や汚れを食べることができる。しかも非常に器用なことに、衣服は傷つけずに、汚れだけ食べることができるのだ。

「洗濯屋に部屋の掃除屋もできるな……」

色々なモンスターと接触したいと思っていたけど、ぶっちゃけこの子たちで十分だ。

そうやって学ランに着替えると、ふと、恐ろしい予感に震えた。

「もしもスライムたちが逃げたら……俺は破産する」

すべての事業はスライムありきだ。逃げられたら何もできない。

「この子たちが逃げたらどうする？　他のモンスターと仲良くなる？　なれるの？」

この子たちは幸運なことに温厚だった。

しかし他のモンスターは分からない。下手すると話しかける前に食われるかも。

そう考えてしまうと、スライムたちに残飯処理させることが可哀そうに思えた。

「腐ったご飯だけど、美味《おい》しい？」

ふざけた言いぐさだが、後ろめたくてどうしても聞きたくなった。

不味いと言われてもすでに事業は動いている。だから食べてもらわないと困るのに。嫌だと言っても食べてもらうのに。

「麗夜だから美味しい！」

「美味しいよね！」

「嬉しい！」

しかし、純粋で良い子で可愛いスライムたちは、文句一つ言わなかった。

時折、俺にはこの子たちが自分の子供のように思える。彼らが成長していると感じるからだ。

以前は赤ちゃんが喋るように、たどたどしい口調だった。それが今では、しっかりした話し方になっていた。

「……もっと美味しいご飯も持ってくるよ」

その姿があまりにも眩しかった。だから少しでも、美味しい物を食べてもらいたいと思った。

「また体液を出してくれるかな？」

「良いよ！」

「出そう！」

「麗夜が嬉しいなら！」

スライムたちは部屋の片隅に置いてある樽《たる》に入り込むと、ドバドバと樽を体液で満たす。

「ありがとう」

ニコリと笑う。本当に嬉しい。心の底から笑うなど、今までの人生で考えられない出来事だ。

そんなことを感じていると、スライムたちが樽から出て、今度はその樽を持ち上げる。

「これ持ってく」

「麗夜喜ぶ」

「麗夜苦しいのダメ」

体液がなみなみと詰まった樽は、俺の力では持ち上げることができない。でもスライムたちが運んでくれる。何も言わなかったのに運んでくれるようになった。

重いのに、小さな体で、力を合わせて、器用に出口まで運んでくれる。

感謝しかない。そんな風に胸いっぱいで出口に向かうと、冒険者ギルドの職員が、馬車を連れて待っていた。

「おはようございます」

職員は俺を見ると、深々と頭を下げる。

「おはようございます。スライムたちが怯《おび》えるのでそこで待っていてください」

「分かりました」

職員は愛想笑いをして、スライムたちを見る。

「敵？」

「麗夜と話してるから違う」

「でも怖い」

スライムたちは職員に怯えていた。まだまだ人に対して警戒心が強い。

「ここに置いて良いよ」

スライムたちに笑いかけて、樽を降ろしてもらう。

「こっちにゆっくり近づいてください」

次に職員を呼ぶ。これらの手順は、スライムたちが怯えないための配慮だ。

「分かりました」

職員はゆっくりと近づいた。スライムたちは急いでダンジョンの暗闇に引っ込む。

「いつも通り、良い品質ですね」

職員は樽の中身を確認すると、再び愛想笑いをした。

何となく、裏があると感じる。だからスライムたちは怯えるのだ。

「行きましょう」

これ以上スライムたちを怯えさせたくないのでさっさと馬車に乗る。すると職員は黙々と樽を馬車に詰め込む。

「じゃ、行ってくる」

出発の用意ができると、スライムたちに手を振る。

「いってらっしゃい！」

「頑張って！」

「大好き！」

スライムたちは元気よく見送ってくれた。


「麗夜さんが着きました～！」

冒険者ギルドの玄関に着くと、能天気な受付嬢が呼びもしないのに走って来て、大声を張り上げる。続いてギルドの職員が五人、走り寄る。

「麗夜さん！　お待ちしておりました」

「十樽ある。中身は確認済みだ」

馬車を顎《あご》で指す。

「助かります！　麗夜さんのおかげで不足していたポーションが一気に潤いました」

「それは良かった」

愛想笑いをして冒険者ギルドへ入る。すると今度はギルド長が現れた。

美人で、年齢はまだ二十代だ。それでいてギルド長を務めているのだから、中々のやり手だ。

「麗夜さん！　今日もありがとうございます！　報酬をお渡ししますのでいつも通り奥のお部屋へどうぞ」

この場で手渡せばいいのに、わざわざ奥の部屋へ案内する。

「またギルドの職員になれって誘うの？　嫌だって言ってるでしょ？」

「そう言わないで。さあさあお茶菓子もありますから」

強引に奥の部屋へ引っ張られた。

スライムの体液の採取とゴミ処理の掃除屋事業。この二つは初日から上手くいった。

すると二日目にギルド長から声をかけられた。さすがに不審に思われたのだろう。

だから思い切って、スライムと仲良くやっていることをバラした。商売をする上で隠し事は不便だからだ。

「銅級ダンジョンでスライムを飼育しているのですか！」

するとギルドの長は思いっきり驚いた。

「ですが、それならこれだけの体液を持ってくるのも納得できます」

納得してくれてほっとした。しかし次に信じられないことを言い出した。

「麗夜さん！　いっそのこと冒険者ギルドに就職しましょう。給料は弾みますから」

それから熱い勧誘が始まった。断ってるのに未だに誘ってくる。耳にタコができそうだった。

「どうしてもダメですか？　他の職員よりも手厚い待遇なのに？」

「気ままな生活が気に入っているんですよ」

高級な紅茶を一口。砂糖も入っていていいお味。

「麗夜さんが就職してくれると助かるんですが……スライムの体液はいくらあっても困りませんから」

「ですから、こうして売りに来てるでしょ？」

何度目の会話だ？　同じことばかり言っている気がする。

「しかしですねぇ……ギルドの職員も麗夜さんのお手伝いがしたいんですよ……」

これは嘘だ。真実は俺からスライムを飼育する方法を聞き出したいからだ。

というのも、スライムたちは臆病で、たとえ餌を持って行っても、人に懐くことは無い。スライムたちの様子を見れば一目瞭然だ。

「分かりました。また明日勧誘します」

「勘弁してくださいよ」

報酬をもらって苦笑い。２万ゴールドと大金だ。

「麗夜さん、ステータスを確認させてください」

帰ろうとしたところで突然引き止められる。

「何でですか？」

「冒険者としてギルドに登録しておいたほうが便利だと思いましたので！　親切心ですよ！」

今度は冒険者としてギルドに縛《しば》るつもりか。

「見せればいいんですね」

ため息を一つ。くそ雑魚だって分かれば諦めもつくだろ。

「ステータスオープン」

巻物を持って呪文を唱える。そして内容も確認せずにギルド長に渡す。レベル1なんて情けない
内容、二度と見たくない！

「レベル20じゃないですか！　凄いですよ！」

「……は？」

ギルド長が黄色い声を上げたので、慌てて内容を確認する。

表示されたレベルは、確かに20だった。

「そんなバカな！」

どういうことだ？　俺はモンスターを倒していないぞ？　なぜレベルが上がっている？

「『優しい声』ってスキルがモンスターを従わせる秘密だったんですね！　嫌ですね～。それなら
そうと言ってくれればいいのに！」

ウキウキ声で勝手に喜ぶ。待て待て、そんなことはどうでもいい。

「な、なんでレベルが上がってるんだ？　間違いじゃないか？」

「間違いな訳ありませんよ！　レベル20ですから銀級で登録しておきますね」

ギルド長は勝手に話を進める。俺は呆然とするしかない。

「その、レベルってモンスターを倒さないと上がらないいんですよね？」

混乱する頭を整理しようとギルド長に話しかける。

「正確に言うと、モンスターが蓄える魔素を取り込むことでレベルが上がります」

ギルド長は気にせず、ガサガサと書類やら何やらを書いて、手続きを進めている。

「はい、これで登録完了です！　次からクエストを受注できます。バシバシ受注してください！」

ニコニコ顔のギルド長。とても美人だが、その顔を見ているうち、あることに気づいて体が震える。

「モンスターと暮らすだけでレベルは上がる！」

モンスターが蓄える魔素を取り込むことでレベルは上がる。そして俺はスライムたちと四六時中一緒に居る。

つまり、スライムたちが自然に放出する魔素を取り込んだおかげでレベルが上がったんだ！

「どうしました？」

ギルド長の綺麗な顔が近づいてきたので、ハッと我に返る。

「何でもありません！　失礼します！」

「そうですか。またのお越しをお待ちしております」

逃げるように冒険者ギルドを出た。ギルド長は最後まで油断のならない笑顔だった。

「気を取り直そう」

重大なことに気づいたが、よくよく考えれば俺にはどうでも良いことだ。戦うことなんて無いのだから。

「お仕事頑張りましょう！」

頬っぺたを叩いて、気合を入れて、手押し車を押して、まずは肉屋に廃棄処分する肉を受け取りに行く。

「あなたが麗夜さん？」

店に入ると、滅茶苦茶綺麗なお姉さんが出てきてびっくりする。

「あの、店主はどこに？」

いつもの不愛想なおっさんだと思っていたのでしどろもどろだ。

「父ですか？　ちょっと具合が悪いみたいで、寝ていますよ」

あの仏頂面《ぶっちょうづら》の店主から、どうしてこんなにおっぱいが大きくて、アイドルのように可愛い女の子が生まれるのか不思議で仕方ない。

「そうですか！　お代はいつも通り50ゴールドです」

童貞ってこともあり、綺麗な女の子と顔を合わせるとドキドキしてしまう。

「はい、50ゴールドです」

「ど、どうも！　では廃棄する肉をもらっていきます」

さっさと退散するに限る。心臓が破裂しそうだ。

「その前にお茶でもどうです？　疲れたでしょう？」

ニッコリ微笑むと、花が咲いたような雰囲気で心臓が高鳴る。

「えっと……まだ他に行くところがあって」

「そんなに急ぐ必要ありませんよ」

真っ白で長い指をした手で、そっと手を握られる。

「お話しません？　私、あなたのことがもっと知りたいの」

ドキンドキン！

「し、知りたいって？　俺なんて詰まんない人間ですよ」

「そうでしょうか？　あなたは町中の注目を集めている素敵な人ですよ？」

「注目ってそんな……」

「スライムを飼育して体液を安定供給。さらに廃棄する食料を餌とする。餌代はタダでゴミ処理の料金を得る。とても優れた商売だと思います」

じりじりと綺麗な手が腕を撫でる。ゾクゾクしておかしくなりそうだ。

「そんな……誰でも思いつくことですよ」

「誰でも思いつきました。しかしできませんでした。あなたが初めて」

少しずつ唇が近づいてくる。

「私、あなたと仲良くなりたいの。お部屋の奥で、お話しませんか？」

顔がすぐそこに！　綺麗な唇がすぐそこに！

「ごめんなさい！　もう行かないと！」

突然の事態に逃げ出す。コミュ障の俺には刺激が強すぎた。

「びっくりした」

突然女性に迫られた。童貞の痛い妄想のようなことが本当に起こるとは、今も夢気分だ。

「あそこで気の利いたことが言えればモテモテなんだろうけどなぁ」

千載一遇のチャンスを逃したようで、いまさらガッカリする。逃した魚はデカい。

「気のせい気のせい！　弱い俺を好きになる女なんて居ない居ない！」

少し歩いて隣の八百屋に入る。

「麗夜です！　廃棄する食材を受け取りに来ました！」

「は～い！」

いやに可愛らしい声だ。ここの店主はおばあさんだったはずなのに、若作りしてるのか？

「あなたが麗夜さんですね。初めまして～」

若作り大成功！　五十歳くらい若返った！

「あらら……おっかさん、若返りましたね。いつ若返りの薬を？　マツ○ヨあたりで売ってました？」

混乱して訳の分からない言葉が出る。くせ毛でそばかすがあるけど、目がくりくりして可愛らしい女の子が出てきたら当然だ！

「おっかさん？　お母さんは居ないよ！　おばあちゃんが麗夜さんのお手伝いしろって、私に言ったんだよ！」

「おばあちゃん？　じゃああなたはお孫さん？」

「多分そう！　今日からよろしくね！」

よろしく？　何を言っているの？

「よろしくって何を？」

「だから〜今日から私は麗夜さんのところで住み込みで働くの！」

誰がそんな約束した？

「えーと、おばあさんが言ったの？」

「そうだよ！　おばあちゃんが言ったの！」

すんごくウキウキしてるけど、俺は訳が分からなくて頭が痛い。

「お手伝いって何をするの？」

「えっとね？　何か聞かれたらこれを渡してって言ってた！」

テーブルに置いてあった手紙を指さす。恐る恐る覗いてみる。

『可愛い孫を嫁にやる』

何言ってんのお前？

『代わりに月に1000ゴールド仕送りしな』

ふざけてんのお前？

『もう子供が産めるから、一年後に最低五人のひ孫と会わせな。男の子が三人で女の子は二人だよ。あと一年後に皇都へ行くよ。そのために100万ゴールド貯めておきな。もう店の見当はつけてるから。古いけど広い屋敷も見つけたから心配はいらないよ。ワシは隠居するが商売には口出しするよ。何せあんたのおばあちゃんだからね』

「ふざけんなあの婆ぁあああああ！」

びりびりびりびり！

「なんでお前みたいな妖怪婆が、こんな可愛い子のグランドマザーなんだよ！　可愛い孫を十六歳のクソガキに売るなよ！　子供を産めるって言ったってこの子はせいぜい十歳くらいだろ！　捕まるぞ俺！」

ゴロゴロと床に転がって頭を抱える。なんで知らないうちに所帯持ちになってんだ！

「れ、麗夜さん？」

ハッと我に返る……怯える瞳と目が合った。

「ご、ごめんごめん！　ちょっとびっくりしてね」

ゴホンゴホンと咳払いする。

「ちょっとおばあちゃんと話したいんだけど、どこに居る？」

「皇都に行くって」

あの婆、ぶん殴ってやろうか？

「えっと、君はしばらく一人なの？」

「一人じゃないよ！　麗夜さんと一緒！」

あの婆！　嵌《は》めやがったな！

「お金あげるから、一人でお留守番できる？」

「麗夜さんと一緒に暮らす！」

目をキラキラさせる。聞く耳持たない。

結局冒険者ギルドに助けを求めた。快く引き受けてくれたけど、弱みを握られた気がする。

「麗夜さんと一緒に居る！」

終始女の子は駄々をこねた。勘弁してくれ。

その後も行く先々で可愛い女の子や美人に絡まれた。

「噂通り可愛い子ね！　女の子に見えるけど……本当に男の子？　ベッドで確認させてもらえない？」

酒場に顔を出した時など、五人の娼婦に囲まれた。

「お仕事が終わったら皆と遊ばない？」

「そうそう。お酒とか飲んじゃってさ」

「口の堅い宿屋を知ってるわ。そこなら色々と遊べるわ。ちょっと口に出せないハードなことも、私たちならＯＫよ？」

「男なら女遊びの一つくらいできないとね」

「童貞？　ならサクッと私たちで捨てちゃいなよ。金持ちのやり手が女の一つも知らないなんて恥ずかしいわよ？」

なんか取り囲まれた。皆きわどい服装で、ほとんど下着だ！

「結構です！」

色々と怖かったので速攻逃げ出した。

「何がどうなってるんだ？」

廃棄する食材を集め終えた頃には、げっそりとしてため息が出た。

心なしか廃棄する食材を積んだ手押し車が重い。そろそろ奮発して安い馬車を買おうか？

「麗夜さん！　こっち見て！」

「麗夜！　今度奢《おご》ってくれ！」

なぜか大通りを歩いていると、知らない人たちから気安く声をかけられる。

何が起きた？　俺は普通に商売してただけだぞ？

「麗夜！　お前のおかげで助かってるぜ！」

「銀級なんでしょ！　私たちとチームを組んでよ！」

なぜかすれ違う冒険者たちが挨拶してくる。

「天変地異の前触れか？」

たくさんの「？」を作りながらようやくわが家へ戻る。

「皆！　ご飯だよ！」

「ご飯！」

声をかけるとスライムたちが濁流のように押し寄せる。

「待て！」

一声でピタッと全員止まる。

「たくさんあるから、慌てるな」

パッパッと均等に餌を与える。一匹が独占すると他の子が可哀そうだ。

「食べて良し！」

一声で一気に呑み込む。まるでピラニアだ。

「もっと欲しい」

少なかったのかグズグズと我がままを言う。

「こら！　俺のご飯には手を出さないって約束しただろ？」

さすがに我がままがすぎるので叱りつける。

「……むぅ……」

キツく言うと不貞腐《ふてくさ》れたようにノロノロと散らばる。まるで子供だ。

「良い子だ！」

そこが可愛いんだけどね。

「今日は珍しい物を買ってきたよ」

店で買ったチーズや卵、鶏肉、果物、野菜を見せる。頑張る彼らへのご褒美だ。

「良い匂い！」

「食べる！」

一斉にスライムたちが騒《ざわ》めく。

「独り占めはダメだ！　そこで待って居ろ！」

大騒ぎになる前にピシャリと注意する。

「仕方ない」

「麗夜の言うこと聞く」

スライムたちはしっかりと言いつけを守った。

「良い子だ！」

一匹一匹に食べ物を与える。与えるついでになでなで。柔らかくて気持ちいい。

「美味しい！」

皆、喜んで食べてくれた。

「しかし、スライムって頭が良いんだな」

不味いクッキーと干し肉を、水で飲み込みながら感心する。

彼らは優しいだけではない。自分から手伝いもすれば言いつけも守る。

餌をやる時は、一列になって順番待ちする。

教えていないのに自分たちから並び始めた。さらに「待て」といった指示も理解している。

一番驚いたのが、不満という感情を持っていたことだ。

ご飯が食べられないと不機嫌になるが、人間と違い、暴れることは無く、我慢する。

「なんだか育ての親になったみたいだ」

そう思うと、とても楽しく、とても愛おしい。

「商売抜きにしても、ずっと一緒に居たいな」

ぷにぷにの体を撫でると、スライムたちは嬉しそうに震えた。

「麗夜、今日遅かった。どうしたの？」

そうして和《なご》みながら撫でていると、スライムたちが突然聞いてきた。

「女の子にモテモテでね」

カッコつけたけど、恥ずかしくなったので、スライムたちを強く撫でて誤魔化す。

「女の子？」

「女の子だって」

「女の子って誰？」

スライムたちが突如、離れたところでぎゅうぎゅうと話し合う。

「女の子って何？」

今度は一匹が代表でやってきた。随分と難しいことを聞いてくるな。

「髪は、俺と同じくらいかもうちょっと長くて、おっぱいが大きくて、人間の子供が産める人だよ」

「人間の子供が産める……」

スススッと皆の所へ滑る。

「人間の子供が産めるって」

「産めるって何？」

「知ってる」

「何々？」

「小さい人間が増える」

「おぉ！」

「麗夜も人間」

「麗夜も人間増やしたい？」

ごちゃごちゃと話し合った後、再びスススッと一匹が近づく。

「麗夜、女の子、好き？」

今度は恥ずかしいことを聞いてくる。

「まあ、好きだよ。俺も男だからね」

「おぉ……」

再び皆のもとへ。

「好きだって」

「麗夜どっか行っちゃう？」

「悲しい」

「女の子になる」

突如スライムたちが一斉にダンジョンの奥へ走り去った。その素早さはチーターの群れを見ているようだった。

「スライムってあんなに速く動けたの？」

唖然とした後、追いかけたくなったが、ダンジョンの奥に行く実力など俺には無い。

「どうしたんだろうな？」

心配だが、何もできないので寝ることにする。すると横になっただけで、スッと意識が沈んだ。

「麗夜！」

突然可愛らしい声で起こされた。

目を擦《こす》りながら明かりを点けると、裸の女性が目の前でニコニコ笑っている。

「人間になった！　子供産める！」

突如現れた綺麗な女性。髪は程よく長く、おっぱいも大きく、顔立ちも整っていて、正直押し倒したいくらい魅力的だ。

だがなんでここに？　まるで意味が分からん。

「どちらさんで？」

混乱する頭を落ち着かせるため、事情を聞くことにする。

「どちらさん？　麗夜、私たちのこと忘れた？」

不安げに眉をひそめる。忘れたって初めて会ったんだけど。

「忘れた？　俺はあんたみたいな美人知らないぞ？」

全裸なので見ないように顔を背ける。鼻血が出そうだ。

「私たちはスライム！　人間になった！」

「うそやろ？」

肌は真っ白で指も綺麗。体毛も薄く、目はパッチリしている。鼻筋も通っていて、女優のようだ。

スライムの面影など無い。

「スライムなら、体液出せる？」

樽を指さして苦笑いする。

「良いよ！」

女性は樽に手を入れる。すると、手の皮膚から粘膜がダラダラと滲み出して、ジュクジュクとスライムの体液が樽を満たす。

「……マジで？」

樽の中を見つめる。目が点になるとはこのことだ。

「私たち子供産めるから、麗夜好きだよね？」

ニコニコと魅力的な笑顔に胸が高鳴る。

「ちょっと待った！　ここに居ろ！　すぐに戻ってくる！」

信じられないので外へ飛び出して深呼吸する。

「何があったのか調べないと」

たしか冒険者ギルドの上階に図書館があった。モンスターに関する研究書があるはずだ。

「あと服を買おう」

あの美貌は目に毒だ。理性がブチ切れてしまう。だから逃げるように冒険者ギルドへ飛び込む。

「麗夜さん！　今日は体液無いんですか？」

「今日は休みだ！」

喧しい受付嬢に適当に返して二階に上がる。

図書館はかなり広く、三フロアもある。テーブルでは冒険者たちのチームが、調べ物をしながら作戦会議をしている。

「次のダンジョンは炎魔法が必須だな」

「状態回復の魔法をこれ以上覚える必要は無い。それよりもバフ魔法に専念して欲しい」

難しい顔で魔術師や僧侶、剣士が話し合っている。

冒険者は粗野だと思っていたが、意外と勤勉だ。

「麗夜じゃねえか！」

突然、大声で呼ばれる。テーブルに座る一グループの青年がこっちに手を振っていた。

「誰ですか？」

「俺たちのこと知らないのか！　結構有名だと思ってたが、思い上がりだったか！」

青年グループは互いの顔を見て笑い合う。

全員イケメンだ。種類は伊達男《だておとこ》や優男《やさおとこ》など色々居るが、とにかく皆映画俳優みたいにイケメンだ。

それが十人も集まると、中々絵になる。

「何か用ですか？」

つかつかとグループの傍に行く。なんか笑われてムカつくから、不機嫌な顔になる。

「おっといけねえ！　気を悪くしないでくれよハニー」

誰がハニーだこら。

「俺たちはレッドローズってチームだ。以後お見知りおきを」

全員が気障《きざ》な笑みを浮かべる。それが絵になるから余計に腹が立つ！

「何か用ですか？」

さっさと離れたい。

「ここで会ったのも何かの縁だ！　俺たちのチームに入らないか？」

「は？　なんで？」

「俺たちのグループはイケメンしか入れない。そしてお前はイケメン！　だから入れ！　報酬は弾む！」

なんで突然そんな話に？　出会って一分も経ってないぞ？

「こら！　何であんたたちが麗夜君を誘ってんの！」

混乱していると、背後から耳を劈《つんざ》くような金切り声が上がった。

「麗夜君気を付けて！　そいつらはゲイよ！」

ゲイ！　衝撃の真実！

「それよりあんたは誰？」

ゲイ以前に君の声も喧しくて苛立つんだけど？　金切り声はかなりキツイ。

「自己紹介がまだだったわね。私は、ホワイトリリーってチームのリーダーよ」

彼女の後ろにはこれまた美人、美少女が揃っていた。

彼女自身も綺麗で、モデルかアイドルかと思った。

「ぜひあなたをチームに加えたいの！　報酬は弾むわ！」

なんでそんな話になる？

「おいこら！　お前らは女しかチームに入れないはずだろ！」

ゲイチームが声を荒らげる。

こっちはレズビアンチームですか。なんで男の俺を誘うの？

「麗夜君は大丈夫！　容姿はバッチリで私たちよりも綺麗で可愛い！　それよりあんたたちのチームはイケメン限定でしょ！　どう見ても女の子な麗夜君をどうして誘うの！」

「麗夜は確かに女のように美しい！　本来なら俺たちのチームに入れない！　だが麗夜は頑張っている！　行動的で金をたくさん稼いでいる！　そんなことは男の中の男にしかできない！　俺たちはそれに惚《ほ》れた！」

あんた何言ってんの？

「麗夜君は女の子なのに自立してる！　それは世の女性の夢！　私たちはその姿に惚れたの！」

お前も男の俺に何言ってんの？

「俺は探し物をしに来た！　グダグダ喧嘩するなら離れてくれ！」

どっちもうっとうしいので怒鳴る。すると皆シュンと項垂れる。

「す、すまない。つい興奮しちまって」

「ごめんね。麗夜君を怒らせるつもりは無かったの」

予想よりもあっけなく、反省してくれた。

「ま、反省してくれたなら良いよ。それだけ俺を買ってくれてるってことだし」

そう思うと悪い気はしない。絶対にチームには入らないけど。

「俺は今モンスター、特にスライムに関して調べたいことがある。スライムについて何か知らないか？」

「スライム？　ああ、麗夜の商売道具だったな」

突然皆、どさどさと本を持ってくる。

「どんなのが知りたい？　餌か？　それとも生息地域か？」

皆、大真面目に俺の相談に乗ってくれた。

「ありがとう」

ありがたく、お言葉に甘えさせてもらった。

「スライムが人間に化けるか知りたい」

「スライムが人間に変わる……か」

皆難しい顔をしながらも、熱心に本のページを捲《めく》る。

「そんな事例聞いたこと無い？」

「下っ端時代はよくスライムを狩ったけど、一度もそんなことは無かったな」

一人の言葉に皆も頷く。

「あ！　私知ってる！」

そして一人の女性が手を叩くと、全員が彼女を見た。

「狂人フラン博士の著書！　それに載ってた！」

「あれは研究書の形をしたトンデモ本だろ？　参考になんてならねえよ」

全員、顔をしかめている。かなり評判の悪い著者のようだ。

「今はそれでもいいから見せて」

手がかりは何でも欲しい。

「持ってくるね！」

可愛い女の子はとさとさと軽い足音を立てて本棚の森に消える。

「あったあった！」

そして一冊の古ぼけた本を持ってきた。

「モンスターの知性とレベルアップについて？」

ヒントになりそうだったので、まずは序章を読んでみる。

『人類はモンスターを知性の無い生き物と考えている。だがそれは間違いだ。すべてのモンスターは知性を持っている。彼らは人間と同じ知的生命体だ！　なのに人間は自分たちこそ最強の生物だと傲《おご》っている。それは傲慢であると忠告する』

凄まじい文言だ。若干カルト宗教が入っている。

『結論を先に書く。モンスターは人間と同じくレベルアップする。モンスターは人間と同等の知性を持っている。君たちは、知性を持つのは人間だけだと高を括《くく》っているが、君たちが愚かでないのなら考えを改めろ』

「レベルアップ！」

ヒントになりそうな単語が出てきた。

『私がモンスターを研究する切っ掛けはスライムだ。彼らは素晴らしく、恐ろしい存在だ。私が冒険者だった頃、仲間が誤ってスライムに取り込まれてしまった。不幸な事故だった。だがそれだけで済む問題ではなかった。私は見てしまった！　仲間は人間に擬態したスライムに襲われたのだ！　皆は恐怖による錯乱と決めつけたが見間違いではない！　私はその経験から、モンスターを研究すると決めた』

ペラペラとページを捲る。次は実験内容のページに目が留まる。

『知性を測るために実験を行った。まず、二つの透明な箱を用意する。その一つの箱に、一匹のスライムを入れる。箱の内部はツルツルで、スライムは上ることができない。もう一つの箱に、トカゲを入れる。トカゲは器用に箱を上ることができる。トカゲの入った箱と、スライムの入った箱を並べ、観察を続けた。トカゲはすぐに壁を上り、箱から脱出した。すると！　スライムはトカゲと同じ姿になり、壁を上った！　これは二つの重大な結果を意味する。一つは、スライムはどんな生物にでもなれること。もう一つ！　これがもっとも重要だが、スライムには学習能力がある！　トカゲが上れるなら、同じ姿になればいい！　それは知性が無くてはできない行動だ！　それから私は様々なモンスターの知性を測った。どれも結果は上々！　そして最悪の結論が出た！　モンスターには知性があると判明したのだ！』

熱っぽい文章だ。本当に研究書か？　若干カルト宗教の匂いがする。

だが次の文章で、疑問が晴れた。

『私が一番心惹かれたのは、やはりスライムだ。彼らの細胞は原初の細胞であり、極論、何にでもなれる！　トカゲでも人間でも！　なぜなら、人間と同じ細胞を作れるから！　だからこそ、彼らの体液はポーションとなる。骨にも筋肉にも、自由自在になれる細胞を原料にしているのだから当然だ』

ようやく話が見えてきた。

『スライムは人間に擬態できるが、擬態したスライムの動きは緩慢で弱い。なぜか？　スライムは単細胞生物だ。一方人間は多細胞生物だ。だから無理が生じる。しかしなぜスライムが擬態するか？　なぜ擬態したスライムを見かけないか？　それはスライムが擬態するのは、あくまでも防衛本能によるもので、姿を誤魔化すことだけが目的だからだ。追い詰められると擬態し、やり過ごそうとする。攻撃すると反撃してくるが、精巧な擬態のため、気づく者は少ない。スライムは柔らかい体で逃げ足が速いので、なかなか追い詰めることができない。人間に擬態したスライムは数時間で通常のスライムに戻る』

研究結果と齟齬《そご》が出た。あの子は普通の人間に見えたぞ？

『さらなる研究の結果、スライムは複数集まると、高度な擬態ができると判明した。単細胞生物が群体となることで、高度な多細胞生物に擬態する。そうなったスライムは非常に強く、危険である。十四のスライムが擬態した人間に、二十人の弟子が一夜で惨殺された。私は見ていることしかできなかった。このことから、群体となったスライムは、数が多ければ多いほど強くなることが分かる。レベル5でも千匹集まればレベル５０００だ。とてつもなく簡単な理屈だった』

研究結果を読んで、納得し、さらに安心する。

あの子はスライムだけど、危険は無い。何せ危害を加えるつもりは全くないから。

「俺はスライムたちに危害を加えていない。なのになんで群体になったんだ？」

疑問だったが、本にはそれ以上書いていなかった。最終ページで手が止まる。

『最後に、知性について記述する。私は、奇跡的に魔王と出会うことができた！　彼女の名はゼラ！　おとぎ話の存在が実際に居たのだ！　彼女はとても美しく、冷酷な瞳をしていた！　血を見るのが好きだと語っていた！　彼女が永久凍土に封印されていなければ、私は殺されていただろう。私は彼女から、魔物がレベルアップする原理や知性について聞いた。魔物は、長生きすればするほどレベルアップする。生きているだけで強くなる。理由は魔素だ。彼らは人間と違い、体内で魔素を作れる。だから長く生きればそれだけ強くなる。しかし、魔素を作るには膨大なエネルギーが必要だ。食料が無いと生命活動が停止してしまう。魔物が短命な理由はそれだった。だからこそ！　長生きした魔物は神と崇められる！　そして知性！　魔物は赤子のような存在だ。知性はあるが知識が無い。だから学ぶことで強くなる。しかし、それは自然界ではまず無理だ。教師が居ないためだ。だからこそ、私たちは優位に立てる』

「勉強すればするほど頭が良くなる。俺よりも頭が良いんじゃないか？」

自分で言って笑ってしまう。最後のページは文字が震えていた。

『魔物に知性を与えてはいけない！　暴走する魔素を制御する方法を覚えてしまう！　不滅にして最強の存在に変貌する！　人間を容易く絶滅できる！　知性を得た魔物こそ！　魔王なのだ！』

本は恐怖を叫ぶ言葉で終わった。

「あいつがそんなに怖い奴だとは思わないけどな」

苦笑い。

「そんな本を読んで、どうしたんですか？」

突然トントンと肩を叩かれたので飛び上がった！

「ギルド長！　驚かさないでください！」

「ごめんなさい！　珍しい本を読んでいたからつい」

ギルド長もびっくりしたようで、胸を押さえている。周りの皆も胸を押さえている。

「これ、そんなに珍しい本ですか？」

場の空気を変えるために話題を変える。

「狂人フラン博士の研究記録。なんちゃって研究記録よ。誰も信じてない」

「なぜ？」

「だって！　魔物に知性があるなんてあり得ないわ！　レベルアップだってしないわ。知性とレベルアップは神が人間だけに与えた贈り物だもの」

「本当に？」

「人間のような知性は無いし、レベルアップもしないわ。もしも知性があって、レベルアップするなら、今頃私たちは魔物の奴隷よ」

ギルド長は冗談半分といった感じに笑った。

「だな。冒険者なんてやってらんねえ。一瞬で殺される」

周りも一緒に笑った。

「この本を執筆した人に会いたいんだけど」

俺はもっと深く、モンスターのことが知りたくなった。

雑魚と思っていたスキルが、実は危険なスキルかもしれない。それを確認したい。

「フラン博士はその本を執筆して三日後、喉を切り裂いて自殺したわ。魔物に支配される世界を見たくないって。狂ってるわ」

ギルド長は苦笑い。もしもスライムたちが人間になったと知ったら、どうするのだろうか？

「この本、しばらく貸してくれませんか？」

「気に入ったのならあげる。いつも良くしてくれるお礼よ」

人懐っこい笑み。さすがだ。

「あと、ステータスを確認したいので巻物を二つもらえませんか？」

「良いわよ」

ギルド長は疑問も持たず渡してくれた。コツコツと取引を続けた甲斐があった。信用されている。

「ありがとう」

用事が済んだので手伝ってくれた皆とギルド長に頭を下げる。

「いいさ！」

「またね！」

皆は快く手を振ってくれた。

「彼らに好かれるなんて凄いわね！」

ギルド長は一緒に階段を下りながら、興奮気味に笑う。

「なぜですか？」

「彼らは平均レベル50の英雄級！　このギルドで一、二を争う期待の新生！　ゲイだったりレズビアンだったりと好みがうるさいけど、実力は確か。竜を討伐した経験もあるわ」

「それは凄い！」

そんな連中が声をかけてくれたのか。俺も有名になったな。

「国から魔軍の戦争に参加させろって命令が来てるけど行かせない。そんな勿体無いことできない！」

興奮気味だけど、国の命令に逆らうのはどうかと思うが。いや、あなたが良いなら良いですけど。

「今日は帰ります。また明日、よろしくお願いします」

ギルドを出ると、見送りしてくれたギルド長に手を振る。

「また明日ね」

ギルド長も手を振ってくれた。

良い世界だ。俺が居た世界とはまったく違う。

「戻ってきた！」

衣服を買って戻ると、女性は満面の笑みで迎えてくれた。

「ティア、巻物を持ってステータスオープンと言ってくれ。ステータスを確認したい」

「ティア？」

「お前の名前だ。嫌か？」

「ティア！　良いよ！　私たちはティア！」

飛び跳ねるとおっぱいがブルンブルン揺れる。

「ステータスを見せてくれ」

できる限り見ないようにして、巻物を渡す。

「良いよ！　ステータスオープン！」

呪文を唱えたので、さっそく中身を確認する。

表示されたレベルは５３００００。

表示されたレベルは５３００００。

表示されたレベルは５３００００！

レベル53万！

獲得スキルは、魔王。効果は「知性を得た魔物の証《あかし》。不老不死となる」。

獲得スキルは、魔王。効果は「知性を得た魔物の証。不老不死となる」。

獲得スキルは、魔王！

内容を見て立《た》ち眩《くら》み。しかし驚いてばかりは居られない。

「ステータスオープン」

自分のステータスを確認する。俺の考えが間違っていなければ、とんでもないことになっているはず。

表示されたレベルは４１５。

表示されたレベルは４１５。

表示されたレベルは４１５！

以前より二十倍レベルアップしてる！

「どうしよう」

なんたる急展開！　これから先どうすれば良い！

「大丈夫？」

頭を抱えていると、ティアが不安そうに手を握ってきた。

「……ああ。もう大丈夫だ」

ティアの様子を見て落ち着く。可愛いティアを不安にさせたくなかった。

「……ティアは生ゴミとか食べたいと思う？」

掃除屋の事業をどうするか、己の心に問いたかった。

「麗夜が喜ぶなら何でもするよ！」

純真無垢な笑顔だった。

「……俺は食べさせたくないな」

無垢で綺麗な頬を撫でる。人間に見えるのに、生ゴミを食べさせる？　鬼畜《きちく》の所業だ。

しかしそうなると、事業が破綻《はたん》してしまう。

おまけに、俺のせいでスライムの魔王、ティアが誕生してしまった。

「もうここには居られない」

ティアは怖くない。

しかし、事情を知らない人間からすれば魔王だ。バレたら争いになる。

そんなことになる前に、ティアを連れて旅に出る決意をする。

目的地はエルフや獣人が暮らす亜人の国。

亜人たちなら、ティアを受け入れてくれるはず。そこでティアと暮らそう。

そう決めた。

「またどっか行っちゃうの？　ティアも一緒に行きたい……」

出かけようとすると、買ってきたシャツとスカートを着たティアが不安そうに腕を引っ張る。シンプルなシャツとスカートも、ティアが着ると可愛らしくなる。

「ごめんよ。ご飯持ってくるから、待ってて」

「……うん」

ギュッと抱きしめると、小さく頷いてくれた。

「出ていく前に掃除屋を廃業するって伝えないと」

ダンジョンを出てため息を吐く。

今まで何だかんだと町の人には世話になった。突然居なくなったら迷惑だから、一言伝えておこう。それが礼儀だと思う。

「怒られるかな」

怒鳴られるに決まっている。失敗したのだから。

そう考えると、黙って逃げたくなる。だがお別れを言わなくてはならない。

何だかんだ助かった。彼らが居なくては生きていけなかった。

「皆に礼を言って、出発しよう」

俺を受け入れてくれた。ここでの生活は、学校よりも楽しかった。

「そうか。俺はあの人たちが好きだったのか」

涙とともに足取りが重くなる。

ここに来て一月も経っていない。しかし、ここでの生活は、今まで生きてきた十六年間で一番楽しかった。

いじめっ子が居ない環境！　それだけでも天国！

それどころか、町の人々は見知らぬ俺を歓迎してくれた。そう思うと、涙が出るほどありがたい。

「だけどティアを見捨てる訳にはいかない」

涙を拭いて頬を叩く。

ティアが居たから今の俺がある。だから恩返ししたい。だからこそ、一緒に旅立つ。

俺には彼女に知識を与え、魔王にしてしまった責任がある。

「何より可愛いし綺麗だしおっぱい大きいし！」

ティアの容姿を思い浮かべると、スケベな笑いがこみ上げた。いけないいけない！

「さて！　お別れを言おうか！」

町の入り口で、力いっぱい背伸びをして、気合を入れた。

「言い訳は、スライムが逃げた。これで決まりだ」

覚悟を決めて、最初に世話になった肉屋に足を踏み入れた。

「そうか。スライムが逃げちまったか」

事情を話すと、親父は残念そうにため息を吐いた。激怒するかと思ったが、冷静だ。

「掃除屋は廃業です。だから、申し訳無いですが……」

「良い！　若いんだ！　たくさん失敗したら良い！」

親父は元気な笑みを浮かべると、グッと身を乗り出す。

「それならそれで、いい商売がある！」

「商売？」

最悪殴られることも覚悟していたのに、変な方向に話が転がる。

「商人の一番の敵はネズミだ！　あいつらはどこからともなくやってくる！　疫病《えきびょう》は持ってくるし、肉は食い荒らす！　食材はもちろん道具すらもかじってダメにする！　人類の敵って奴さ！　お前ならそいつらを倒せる！」

「ど、どうやって？」

凄まじい熱意に、つい返事をしてしまう。

「お前はモンスターを手なずけられる。なら猫やオオカミも手なずけられる！　猫やオオカミも害獣だ。だがそれは、所かまわずフンをしたり、店の物を盗んだり、家畜を襲ったりするからだ。お前がピシッと言い聞かせれば可愛い奴だ！」

「そ、そうですか？」

「そうだ！　お前ならできる！」

なんでそんな話に？　俺は失敗した。なのに、なぜ新たな事業を持ち掛ける？

「ネズミで困ってる奴らは死ぬほど居る！　実際死人が出てるからな！　飢饉《ききん》に疫病。畑の地主なんざ、喜んで金を出すだろう。一月で1万ゴールドは堅い。そんで地主はこの近くに、十人以上居るんだぜ！　寝てても10万ゴールド！　一軒一軒、モンスターに見張らせるのも良い。一世帯当たり一月1ゴールドが妥当だな。この町には千世帯住んでるから月に１０００ゴールド！　商人や店ならさらに金を出す！　倉庫一軒に付き１００ゴールド。これでも10万ゴールド！　さらに飲食店の見張りに付かせたらどうなる！　一月1万ゴールド！　ネズミから守るだけで、月に21万１０００ゴールド！　俺の年収に等しいぜ！」

ペラペラと楽しそうに喋る。その迫力に圧倒される。

そして、面白そうな話だとも思う。実現するかどうかはともかく、可能性は感じた。

「お前の活躍を見てな、ふと思い浮かんだんだ。そしたら他の奴らも、いい案だと言ってくれた。お前が良ければ、やってみないか？　もちろん手を貸すし金も貸す！　その代わり、見返りは弾めよ？」

親父は思いっきり喋ると、体を震わせてため息を吐く。夢心地だ。

そして、俺もいい案だと思った。だけど、俺にはできない。やりたくてもできない。

「その、言いにくいけど、俺はこの町を出る。だから商売はできない」

「……なんだと？」

親父は顔面を真っ青にして立ち上がる。

「突然どうした！　何か気に入らないことでもあったか！」

必死って奴だ。さて、どうやったら断れるかな？

「俺はスライムに逃げられた。商売に失敗したんだ。負け犬は大人しく立ち去るのが筋さ」

咄嗟に自虐《じぎゃく》する。

悲しいが事実だ。負け犬は負け続ける。それが定めだ。

今までの学校生活で、しっかりと学んだ。

「アホだなお前は。たった一度失敗したくらいで隠居するつもりか？」

親父はドサリと椅子に座り直すと、ため息を吐く。

「お前には価値がある。負け犬じゃない。その証拠に、お前は商売を成功させた。最後は失敗だったが、しっかりと、俺にその価値を見せてくれた。だからこそ、お前に商売を勧めてるんだぞ？」

「いや、でも、失敗したらずっと笑いものだ。世の中そんなに甘くない」

「この町はお前が考えるよりずっと甘い！」

イライラと貧乏ゆすりをする。

「全く、挫折を知らない天才にありがちだな！　一度の小さな失敗をこの世の終わりみたいに思ってる！　それじゃダメだ！　スライムに逃げられたくらいで諦めちゃダメだ！　お前はこの町で金持ちになるんだ！　それができる人間なんだ！　商売相手だった俺が保証する！」

なんだか目頭が熱くなる。ここまで俺に熱心に接してくれた人間など居なかった。

「……重症だな」

滲んだ涙を拭くと、親父は悔し涙と勘違いしたようだ。

「ここで待ってろ！」

親父は突然店を出る。

「お前ら集まれ！　麗夜が町を出るって言って聞かねえんだ！」

大声で喚き散らす。恥ずかしい！

「何だって！」

「おいおいマジかよ」

しかもなぜか人々がゾロゾロと集まる。

「スライムが逃げ出して掃除屋を廃業することになったんだが、それでがっくり落ち込んじまってよ」

「そんなことで？　あいつなら他の仕事でもやっていけるだろ」

「こうなったら俺と一緒に商売するしかねえな！」

「冒険者よ冒険者！」

ワイワイと大通りが賑やかになる。百人くらい集まってるんじゃないか？

「しょうがねえから、今日はパーッとやって！　麗夜を元気づけるか！」

「よーし！　あの汚い酒場に全員集合な！」

「なら女にも声をかけよう！　女を抱けばあいつもすっきりするさ！」

「下品！　麗夜は女遊びなんてしないから！」

勝手に話が纏《まと》まったようで、肉屋の親父が店に戻る。

「行くぞ！　酒を飲んで嫌なことは忘れちまえ！」

有無を言わせず腕を引っ張られる。

「どうしてこうなった？」

なぜ引き止められるんだ？　俺は大したことやってないのに？　そう思いながらも、腕を振り切ることはできなかった。

「「乾杯！」」

あれよあれよと酒場まで連れてこられると、肉屋の親父が盃《さかずき》を掲げる。皆もそれに続いて盃を交わす。

「か、かんぱい」

俺は訳が分からないまま、盃を掲げる。そして始まる酒盛り。

「食って飲め！　まずはそっからだ！」

ドサドサとハムやサラダなど酒のつまみが並ぶ。さらに手元のグラスにたっぷりとワインを注がれる。

「まずは飲め！　飲んで嫌な気持ちを吐き出しちまえ！」

強引な口ぶりだ。断れる雰囲気じゃない。

「そうそう！　ワインくらい飲めないと貴族に舐められるわよ！」

「ワインよりもビールが良いな！　冒険が終わった後の一杯は格別だ！」

「オリーブとチーズに合うのはワインよ！　上品な麗夜にはそれが似合ってるわ！」

「度数の高いジンやブランデーも美味しいわ。甘いキャンディーを食べてからの一口は幸せの一言よ！」

周りもワイワイと盛り上がる。ちょっとだけ、興味が出てきた。

「分かりました！」

ここは日本じゃない！　なら罰せられることも無い！

「良いね良いね！　それでこそ男だ！」

親父が拍手すると皆も悪ノリして拍手する。手元を見ると、すでに三杯も飲み干していた。

皆の熱気に押されて、俺は桜色の液体をゴクリと飲む！

「甘くて美味しい！」

不思議な感じだった。甘いのにクラッときて、心が楽になる。

「良いね良いね！　さあドンドン飲め！　ドンドン食え！　今日は俺たちの奢りだからな！」

場はさらに盛り上がる。

「ねえねえ！　一緒に冒険しよ！」

綺麗なお姉さんが頬を桜色に染めて隣に座る。ホワイトリリーのリーダーだ。

「そうそう！　レベル20なら立派よ！　私たちと一緒に冒険して稼ぎましょうよ」

ホワイトリリーのメンバーが色っぽい流し目で見つめる。

「おいおい！　雌が色目を使うな！　麗夜が腑抜けになっちまう！」

ホストのようにカッコいい男性の冒険者が隣に座る。レッドローズのリーダーだ。

「は！　このゲイ野郎！　あんたが麗夜のお尻を狙ってるって知ってるわよ！」

「麗夜を見れば誰だってゲイになる！　お前も試しに男になってみろ！」

ワイワイと勝手に喧嘩が始まる。

「お前ら、麗夜が困ってるだろ」

今度は渋めのおじさん冒険者が声をかける。

「こいつらは置いておいて、俺たちの仲間にならないか？　初めは雑用になっちまうが、報酬は弾むぜ」

渋い声だ。演歌歌手のような感じ。映画俳優みたいだ。

「お前ら止めろ！　麗夜は俺たちと商売するって決めたんだ！」

肉屋の親父が怒鳴る。

「冒険者なんてその日暮らしじゃないか。麗夜には似合わないよ。ちゃんとした定職に就《つ》いて、しっかりと、誠実に、皆のために商売する。それで大金を稼ぐ！　それが一番幸せだよ」

八百屋の婆が元気に叫ぶ。あんた皇都に行ったんじゃなかったのか？

「すみません？　聞いても良いですか？」

酔っぱらって気分が良いので、気軽に質問する。

「何だ？　報酬か！　月に１０００ゴールド支払うぜ！」

「私たちは５００ゴールドだけど、おまけがあるよ！」

「冒険者なんかになるなよ！　お前はこの町の経済を発展させる顔役になるんだからな！」

ワイワイワイワイ！　皆興奮して止まらない。

「どうして俺なんかが欲しいんだ？　魅力的な奴はたくさん居るだろ？」

一瞬で皆が沈黙する。何か悪いことを言ったか？　よく分からない。

「麗夜？　あんた、自分の価値が分かってないの？」

綺麗なお姉さんが深刻な顔で見つめる。

「価値って？　スライムに逃げられた負け犬だぞ？」

「分かってねえな〜お前は！」

おじさん冒険者がクソデカいため息を吐く。

「確かに最後は失敗した！　でも途中までは凄く上手くいってただろ！　それはお前に能力があるっていう証拠だ！　それにケチ付けるなんざ神様でもできねえ！」

イライラしてぶち上げる。

「でも、失敗したらダメでしょ？」

「失敗がダメなら俺たちは首を括らないといけないな！」

「私たちなんていっつも失敗ばかりよ！」

皆、なんてこと無いと笑う。不思議で堪らない。

「失敗したら皆に怒られる。誰も見向きもしない。そうでしょ？」

再び皆が沈黙する。

「お前、すっごく厳しいところで育ったんだな」

「詰まらない場所ね。私ならすぐに逃げ出すわ！」

突然怒り出す。どうしたんだ？

「麗夜、俺たちはお前が失敗したところで気にしない。なぜならお前は一生懸命頑張ったからだ」

肉屋の親父が真剣な顔で見つめてくる。

「結果が失敗なら意味がない。頑張ったところなんて誰も見てくれない」

「気分が悪いね！　私たちをそんなゴミみたいな奴らと一緒にしないでおくれ！」

八百屋の婆、いや、お婆ちゃんが唾を飛ばす勢いで怒鳴り散らす。

「俺たちがお前を勧誘するのは、お前の仕事ぶりが見事だったからだ。時間はしっかり守るし、挨拶もする。誠実で信用できる。今日だって、怒られる覚悟で謝りに来たんだろ？　そんな姿を見せられたら、一緒に仕事がしたくて堪らなくなる！　もちろん商売を軌道に乗せた手腕も認めてる」

皆の言葉を聞いて、信じられなかった。

一気に気分が高揚する！

俺を褒めてくれる。認めてくれる。そんな奴、これまで居なかった！

「ありがとう」

微笑みと同時に涙が出た。

「よしよし！　今日は飲もう！　食おう！　嫌なことは全部忘れちまおう！　楽しい未来を夢見よう！」

肉屋の親父が笑うと、場は笑いに包まれた。夜まで飲むことになった。皆は終始笑ってくれた。

こんなに楽しいと思ったのは、生まれて初めてだった。

「出て行きづらいな」

酔った足でティアの所へ帰る。行きとは違う理由で足取りが重い。

このままずっと、この町で暮らしたいと思ってしまった。

「麗夜！　帰ってきた！」

帰るとティアが泣きついてきた。

「ごめん！　ご飯持ってきたから許して！」

「ご飯！」

ティアは手渡した食事をパクパク、笑顔で食べる。

「ティアは人間たちと一緒に暮らしても大丈夫か？　怖くないか？」

食べている様子を見ながら聞いてみる。

「麗夜が一緒なら大丈夫！　ずっと傍に居たい！」

ティアは満面の笑みで答える。さっきから胸がチクチク痛むのに、温かい。

「そうか」

ギュッと拳を握りしめる。

「一緒に外に出よう。人間と一緒に暮らしてみよう」

「良いよ！」

迷いのない言葉。それに胸が軽くなる。だから、一晩グッスリ寝たらスッキリ目覚めた。

「改めて見ても可愛いね」

「すぅ……すぅ……」

隣でグッスリ眠るティアの頬を撫でる。柔らかく温かく気持ちいい。

「さてさて。あの事業はどうするか？」

不安はある。だが今はティアが居る。肉屋の親父も居る。皆が居る。

ならば逃げる訳にはいかない！

やり遂げてみせる。今の俺ならやってみせる！

「まずは小規模で試して、そっからだな」

まずは試す。そのための計画を進める必要がある。

上手くいったら商人や冒険者ギルド、この町の人々全員を巻き込んで商売する。デカい儲け話になるはずだ。

「おはよう」

興奮しているとティアが目を覚ました。

「おはよう。朝ごはん食べようか」

「うん！」

ティアと一緒に簡単な朝ごはんを食べる。パンとミルクに肉の燻製《くんせい》だ。

「ティア。今日は一緒に出掛けてみようか？」

「良いの？」

目がキラキラしている。

「その代わり、俺の言うことはちゃんと聞くように」

「うん！　麗夜の言うこと全部聞く！」

ワクワクして体を震わせる。本当に楽しそうだ。


「そうか！　考え直してくれたか！」

肉屋の親父に事業の話を請け負うと伝えると、喜んでくれた。

「まずは小規模に始めたい。必ず問題点が見つかるから」

「慎重だな」

「商売は慎重にならないと」

「だからこそ俺たちはお前が好きなんだ」

親父はニッコリと笑った。

「ところで、その子は誰だ？」

親父は俺の後ろで色々な肉に目を輝かせるティアを指さす。

「俺の大事な人だ」

「なんてこった！　美人に美人とは絵になるね！」

ティアは美人だが俺は違う。

「麗夜！　これ美味しそう！」

ティアはふんふんと肉を嗅ぎ回ると鶏肉を指さす。

「好きなだけ持って行きな」

親父は俺とティアにニッコリと笑いかける。渋くていい男だ。

「良いのか？」

「お祝いだ」

親父はとても優しく、俺たちを歓迎してくれた。

「あなたは麗夜好き？」

ティアは両手いっぱいに肉を受け取ると、突然変なことを聞いた。警戒しているような表情だ。

「もちろん好きだ！」

「ふむ！」

ティアは納得したように頷く。警戒心を解いたのか表情が柔らかい。

「麗夜はオジサン好き？」

今度はこっちに変なことを聞いてきた。

「まぁ、好きかな？」

真っ向から好きって聞かれたらそう言うしかない。

「ならティアもあなたが好き！」

ティアはなぜか親父に笑いかけた。

「突然どうした？」

親父と一緒に戸惑う。

「麗夜が好きな人はティアも好き！　麗夜を好きな人はティアも好き！　ティアと一緒！」

とにかくティアは嬉しそうだった。

「変わった子だな」

「可愛いから良いでしょ」

俺と親父は苦笑いした。

「詳細な計画ができたら伝えに来るよ」

店の扉に向かう。

「できなくても毎日来い。ティアちゃんと一緒に」

親父は笑顔で見送ってくれた。

「今日はシチューを食べよう」

肉屋を出ると、両手いっぱいに肉を抱えたティアの頭を撫でる。

「シチュー！　楽しみ！」

ルンルンと体を弾ませる。可愛い。

「買い物やら何やらのついでに皆にティアを紹介するけど、良いかな？」

「ティアは麗夜の言うこと聞く！」

なぜかえへんと威張る。まだまだ人間っぽく無いかな。

「そっか」

でも、これで良いのかもしれない。これがティアの考えだと思うと、むしろ喜ばしい。

「じゃ、次は雑貨屋に寄るよ」

「ティアは麗夜と一緒！　ずっと一緒！」

ティアはスキップしながらついて来た。

それから皆にティアを紹介する。

「わお！　麗夜に良い人ができるなんて！」

「なんてこった！　これじゃ冒険に誘えないな！」

ホワイトリリーとレッドローズの面々は笑いながら額を叩く。

「でも、歓迎するわ。残念だけどね」

「男の良さを伝えたかったぜ！」

レッドローズのリーダーさん？　素直に歓迎しろ！

「あなたたちは麗夜好き？」

そしてティアはマイペースに恥ずかしいことを聞く。

「もちろん好きよ」

「麗夜を嫌う奴なんて居ねえさ」

皆も恥ずかしいことを大真面目に答える。

「うむうむ！　ティアと同じ！」

ティアは滅茶苦茶嬉しそうに頷く。

「麗夜はこの人たち好き？」

そして毎度のごとく恥ずかしいことを聞く。

「友達として好きだね」

友達を強調する！

「ならティアもあなたたちが好き！」

ティアはまたまた恥ずかしいことを満面の笑みで、大真面目に、大声で伝える。

「変わった子ね」

「だが悪い気はしない」

ホワイトリリーとレッドローズの面々も、俺たちを祝福してくれた。

それからティアは、訪ねる相手に片っ端から同じことを聞く。

「あなたは麗夜が好き？」

皆は口を揃えて言う。

「もちろん好きだ」

するとティアは笑う。

「麗夜はこの人が好き？」

俺は決まりきったことを言う。好意を無下にできるほど、俺は冷徹ではない。

「好きだよ」

するとティアは喜ぶ。

「ティアもあなたが好き！」

ティアは誰にも彼にも、そう伝えた。


「人間って良いね！」

食材や調理器具を両手いっぱいに抱えて、ティアはスキップする。

「どうして？」

「ティアも麗夜が好きだから！　人間と一緒！」

恥ずかしくなるようなことを笑顔で言う。照れくさくて堪らない。

「冒険者ギルドのギルド長さんに挨拶して帰ろう」

「うん！　分かった！」

ティアと一緒に足取り軽く、冒険者ギルドへ入る。

「麗夜さん？　その子は？」

偶然玄関でギルド長と鉢合わせる。

「俺の大切な人だ」

「あらま！　これじゃ冒険者に誘えないわね」

心底残念そうな表情だ。済まないが諦めてくれ。

「あなたは麗夜が好き？」

ティアがいつも通り聞く。

「好きよ。それがどうかした？」

「嬉しぃ！」

ふひひっとティアは笑う。

「麗夜はこの人好き？」

「好きだよ」

俺はティアの頭を撫でた。

「ティアもこの人好き！」

ティアがギルド長に笑いかける。

「変わった子ね」

ギルド長は困った顔で微笑んだ。

「そう言えば、あなたに話があるの。ギルド長室に来てくれない？」

突然ギルド長が厳しい顔をする。

「ティアも一緒で良いか？」

ドキッとする。まさかティアが魔王だとバレた？

「もちろん良いわ。麗夜さんの良い人なら、無関係な話じゃない」

ギルド長は強張った顔だ。どうやらティアの正体はバレていない。だが深刻な話のようだ。

「分かりました」

急いで頷く。

「こっちへ来て」

ギルド長は足早に、焦るようにずんずんと進んでいく。

「ふにゅ？　麗夜が好きなのに敵意がある？」

ティアは困惑しつつも、俺と一緒にギルド長の後をついて行く。

「座って」

ギルド長室に入ると、ソファーを勧められる。

「どうも」

ティアと一緒に座ると、ギルド長は対面に座った。

「開口一番で悪いけど、あなたって、異世界から来たっていう勇者？」

「ブッ！」

突然の発言に噴き出す。

「はて？　何のことやら？」

「その反応で充分よ」

ギルド長がクスクス笑う。恥ずかしい！

「勇者？」

ティアはよく分かっていないようだ。

「ティアさんは勇者のこと知らない？」

「知らない！」

ティアは腕組みしたまま威張る。はしたないから止めなさい。

「麗夜さんは魔軍を倒すために異世界から呼ばれた勇者なの」

「ほうほう？」

まるで分かっていない。

「麗夜さんは凄い人ってこと」

「なるほど！　麗夜は凄い！　嬉しい！」

納得したように頷く。それで良いの？

「麗夜さんに気を付けてって言いたいの」

ギルド長の緊迫した顔を見て、真顔になる。

「どういうことだ？」

「田中哲也《たなかてつや》と鈴木智久《すずきともひさ》って奴があなたを捜してるって噂があって」

田中哲也は俺をいじめていた主犯格の一人だ。

体格は普通だが、空手をやっていたとかで、よく殴られた。不良グループとも仲が良く、学校のガンと呼ばれていた。

鈴木智久は田中哲也の腰巾着だ。

親分と子分のような関係で、田中哲也には一度も逆らわなかった。

こいつにもよく殴られた。あと田中哲也が居ない時はボス気取りで俺に命令した。金を奪われた時は田中哲也よりも憎かった。

そんな二人が俺を捜している？　何のために？　俺は追放された。それで話は終わりだ！

「あいつら、あなたの友達だから居場所を教えろって躍起になっているらしいわ。あなたの金と地位、名声を奪うつもりよ」

ギルド長は苦々しく舌打ちする。冷静なギルド長が珍しく怒っている。

「どんなことがあったのか、初めから聞かせてくれないか？」

「冒険者たちから聞いたのよ。勇者を名乗る二人組が居て、あなたを捜してるって」

ギルド長の話を纏めると、一週間前に田中たちが村々を訪ね回り、俺を捜していたようだ。

城に居るはずじゃないのか？　魔王を倒しに行ったんじゃないのか？

色々な疑問が浮かんだが、それ以上は掴めなかった。ただし、興味深い情報が手に入った。

『俺はグングンレベルが上がるスキルを持ってる！　成長チートだ！　レベルはすでに５００を超

えてる！　そんでこいつは何でも作れるスキルを持ってる！　魔剣だって楽勝だ！』

　酔った席で、女を口説《くど》いている時に田中はそう言ったらしい。

「成長チートと生成チートか！」

　考えつく中で最強のスキルだ！　そんな物をあの屑《くず》どもが手に入れたのか！

「あいつらは冒険者に難癖を付けて決闘を挑み、相手の有り金を全部奪う。女性冒険者が犯されたって噂もある。人を殺したって話はまだ聞かないけど、絶対にもう誰か殺してる！」

　ギルド長は、忠告しかできなくてごめんねと、悔し涙を流した。

「そいつら、麗夜のこと好き？」

　ティアは腕組みしながら首を捻《ひね》る。

「嫌っているよ。確実に」

「ふーん」

　ティアの表情が真顔になる。

「なら、麗夜はそいつら好き？」

「だいっ嫌いだ！」

　こんな奴ら、好きになれるはずがない！

「なら、ティアも嫌い。大っ嫌い！」

　ティアは今までと打って変わって怒りをあらわにする。

その姿は魔王のようだった。

第三章　魔王VS勇者

突然だが、俺――麗夜が追い出されたところまで時間を戻す。

そしてクラスメイトの様子を綴《つづ》ろう。

麗夜は追い出されたが、クラスメイトはそのまま城へ案内された。

「外国のホテルみたい！」

クラスメイトが案内されたのは年季の入った城だった。だが清潔で、清掃が行き届いていたので、ノスタルジックな高級ホテルのようにも見えた。

内装も綺麗で、電気こそ無いが、高価そうな調度品や絵画が並んでいた。そこがまた神秘的な雰囲気を醸し出す。

「君たち一人一人に使用人が付く。用があったら遠慮なく言うと良い」

王、マルス32世は気前よく笑いかける。

「マジで！　やっぱ勇者ってすげえ！」

「アニメとかより凄い！」

皆、うきうき気分だ。浮かれてしまう。十六、十七の少年少女なら当然かもしれない。

そんな中、クラス委員長の大山に、友人の三村《みむら》が話しかける。

「気前が良すぎるな」

「そうだな。戦争中なんだから、もうちょっと質素でいいのに」

大山は大真面目に渋い顔をする。

「俺が言いたいのはそんなことじゃないんだがな」

三村は呆れたように笑う。

「ま、お言葉に甘えさせてもらうか」

三村はそれ以上言わなかった。大山は不思議に思ったが、状況に圧倒されていて、何も言えなかった。

それから彼らは、豪華な夕食を堪能する。

牛のステーキに、魚のグリル、白くて柔らかいパンにワイン、砂糖の効いたサイダー。お菓子。とにかくたくさんだ。

「異世界にもサイダーなんてあるんだな！」

皆は存分に夕食を楽しむ。混乱しつつも満足感に浸っている。

「君たちに個室を与える。今日はゆっくり休んでくれ」

マルス32世はどこまでも気前がいい。

「修学旅行よりも豪華！」

皆、大満足だった。そして個室を見るとさらに狂喜する。

「すげえ広い！　ベッドもふかふかだ！」

「化粧品なんてあるの！　すっごい！　お風呂もちゃんとある！　全然異世界じゃない！」

部屋の広さは三十畳くらいだろう。

ベッドは大きく、クローゼットもある。燭台は金でできている。

飾りの剣は本物で、柄《つか》は金銀宝石で彩られている。簡単なものだが化粧台には化粧品もある。

電気が無いことを除けば、まさに高級ホテルだ。

「明日から早速訓練を始めよう！　勇者のお主たちには必要ないかもしれんがの」

マルス32世は上機嫌だ。そしてクラスメイトも上機嫌だ。

「俺たちどんぐらい強いんだろうな！」

皆、興奮していた。

そして次の日から訓練が始まる。彼らの強さは圧倒的だった。

放つ炎は鉄も溶かすほど強力で、繰り出す拳は岩をも砕き、一度剣を振れば鎧を十も両断した。

「おいおい！　強すぎるだろ！」

狂喜乱舞。さらに追い打ちをかけるのが、特殊なユニークスキル《ギフト》だった。

「時よ止まれ！」

なんと、時間操作やワープを使える者が居た。銃を作り出せる者も居た。

「凄い」

大山は神のような力に絶句する。

「こりゃヤバいな」

そこに三村が耳打ちする。

「何がヤバいんだ？　これなら魔軍に勝てるだろう？」

「なに、そのうち嫌でも分かるさ」

三村は大山の問いに、クツクツと楽しそうに答えた。

それから数週間、訓練が続く。それが不味かった。あまりにも単調で、刺激のない日々だった。

「退屈だな」

「もっと変わったものを食べたい」

クラスメイトは不満を口に出す。

ある意味当然だ。楽しい旅行に来たのに、ホテルに缶詰めにされていてはイライラも募る。うまい食事も食べ過ぎれば飽きる。

それに数日後、前線に移動することが決まり緊張感もあった。戦いへの恐怖があった。

「王様！　女くれよ！　やりてえ！」

一人の男子生徒、田中哲也がイライラしたように叫ぶ。

「良かろう！　希望する者には娼婦を紹介する！」

マルス32世は叱るどころか認めてしまった。

「王様！　宝石が欲しいんだけど！」

「綺麗なドレスが欲しい！」

一斉にクラスメイトは、無茶で失礼な注文をする。

「すべて認めよう！」

マルス32世はすべてを認めてしまった。

そこから、クラスメイトの様子が変わる。筆頭が田中だ。彼は女の使用人を犯してしまった。

「何考えてんだお前は！」

さすがの事態に、大山が叱りつける。

「俺は勇者だぜ？　この世界の救世主だぜ？　指図するな！」

田中が剣を抜くと、大山は何も言えなかった。成長チートを持つ田中と真正面から戦える者は少なかった。

「ひっどいことするな」

さすがに田中の所業には皆眉をひそめた。だが誰も田中を止めなかった。

皆一分一秒経つごとに強くなる田中と戦うのが怖かったし、異世界の人々を守りたいとも思っていなかったからだ。

彼らは自分たちが特別な存在であることに慣れてしまった。それでいて使命を忘れてしまった。

何より、どうして戦争なんて怖いことに参加しなくてはいけないのか、と怯えていた。

誰も逆らえないと分かると、田中の行動は過激になる。

使用人の女を犯すなど田中にとって当然のことだった。

「田中様！　さすがに礼節を守っていただきたい！」

さすがの状況に、騎士の一人が苦言を呈した。

「は？　俺に逆らうの？」

田中は剣を振った。それは、田中にとってハエを払うような感じだ。それくらい簡単なことだった。

だが、その時の田中のレベルは４００を超えていた。対して騎士のレベルは20程度。

その実力差は、騎士の体を真っ二つにするほど圧倒的だった。

「ガ！」

騎士は胸を両断され、こと切れた。

「この化け物が！」

それに騎士たちは剣を抜いた。だがそれは血の海を広げることとなった。

「雑魚」

騎士の死体の上で、田中は笑う。

「雑魚、雑魚、雑魚雑魚雑魚雑魚雑魚雑魚雑魚雑魚！　雑魚ばっかだ！」

彼は己の力に酔いしれた。圧倒的な力に眩暈《めまい》がした。

「田中！」

大山は詰め寄るが、剣の切っ先を向けられると、何も言えなくなる。

「俺と戦うか？　死にたいなら良いぜ？」

大山は動けない。殺されると分かっていた。田中は自分を殺すつもりだと分かっていた。

「は！　どいつもこいつも雑魚！　雑魚に生きる価値なんてねえ！」

田中は剣を収めると、そのまま出口へ向かう。

「どこへ行く」

「魔軍も魔王も知ったこっちゃねえ！　俺は好きにやらせてもらう」

田中が目くばせすると、腰巾着の鈴木も後に続いた。

「田中の言うこともっともだ」

「私たちが戦う必要なんて無いもんね」

次々とクラスメイトは離反する。

「お前ら！　本当にそれでいいのか！　世話してもらっただろ！」

「ならお前だけ頑張れ。応援してるぜ」

クラスメイトは大山にそう言うと、そのほとんどが逃げてしまった。

「あいつらを追いかけようなんて思うなよ。殺し合いになる」

三村が大山の肩を叩く。

「お前はこの光景を予想していたのか？」

三村はバカにしたように笑う。

「俺らみたいなガキを召喚する？　バカとしか言えねえよ」

こうして勇者という名の脅威が世に放たれた。だがそれは当然の結末だった。

見知らぬ人間を善意で助けるお人よしは、ダイヤモンドよりも希少だからだ。

「金がねえな」

さて、自由になった田中は早速困った。城に居た時は金など必要なかったが、町に出れば必要になる。

「鈴木。金を作ってみろ」

「う、うん」

鈴木はビクビクと念じる。すると一万円札が現れた。

「この世界でこんな金使える訳ねえだろ！　バカか！」

「だって！　どんな金か知らない！」

田中は怯える鈴木に舌打ちする。

「ま、分捕《ぶんど》ればいいか」

田中はその日から、冒険者や商人を脅《おど》して、日銭を稼ぐようになった。言うことを聞かなければ殺した。もはや盗賊に他ならない。

しかしそんな生活を続けても所詮はその場しのぎ、貧しいことに変わりはない。

「家が欲しいな」

「い、家？」

田中は夜、宿屋で、宿屋の娘を犯した後、酒を飲みながら鈴木に愚痴る。

「こんな汚い宿屋は俺に合わねえ！　もっと豪華で良い部屋だ！　そこにはたくさんの女が居る！

従順で綺麗な女が相応しい！」

イライラする。最強の力を持っているのに、なぜかうだつが上がらない。

アニメなら可愛い女の子に惚れられて、立派な家でのんびり暮らすはずなのに！

そんなイライラが募るある日の夜、偶然、酒場で噂話を聞く。

「新庄麗夜っていう凄い商人が現れたな！」

それは、旅の商人だった。ちょうど麗夜が成り上がってきた頃だった。

「新庄麗夜？　どっかで聞いた名前だ」

悪逆を極める田中だったが、小さな村までその悪名《あくみょう》は届いていなかった。だから皆、田中を警戒することと無くのんびりと酒を飲んでいた。

「あいつだ！　あのへたれだよ！」

鈴木が思い出したと言うように教える。

「ああ！　あのくそ雑魚で追い出されたへたれか！」

田中は言われてようやく、麗夜の名前を思い出した。

「そっか！　あいつ！　金持ってるのか！」

成り上がっていた麗夜の名を田中が知ったのは、当然のことだったのかもしれない。

それから田中は麗夜を捜す。

女を犯したり、酒を飲んだりしながらだったため、実にゆっくりとだったが、着実に距離を縮める。

麗夜は田中が自分を捜していると聞いて、目立たないように行動していたが、時すでに遅し。

麗夜の美貌はどこに行っても目立つ。そもそも麗夜は他の町に引っ越そうと思わなかった。

麗夜が住み着いた町は、あまりにも居心地が良かったから。

「見つけたぜ！　へたれ野郎！」

「へたれが女引き連れてどうすんだよ！」

だから、町で麗夜と田中が鉢合わせるのは、当然の展開であった。

■

突然、背後から田中と鈴木の声がして、パニックになったが、とにかく、落ち着いて振り返る。

「生きてたんだな！　くたばってなくて驚いた！」

田中のニタニタと気持ちの悪い顔と対面する。こんなに醜悪に笑う奴だったか？　この町で優しい笑顔に慣れてしまったから、吐き気がした。

「なんか可愛い子居るじゃん」

鈴木が吐き気のする目でティアを見る。本当にこいつら、クラスメイトか？　まるで犯罪者みたいな雰囲気だ。

「俺に何の用だ？　魔王を倒すために頑張ってるんじゃないのか？」

「魔王？　は！　馬鹿らしい話だ！」

田中が下品に唾を吐く。地面が腐りそうだ。

「へたれよ。お前もおかしいと思うだろ？　何で俺たちが戦う？　糞《くそ》を拭くのは糞をした奴だろ？」

「言い分は納得できるね」

おかしいことは言っていない。俺もそう思ったから、追放されてホッとした。

「気取ってやがる」

しかし田中と鈴木は、返答がお気に召さなかったようだ。気持ち悪そうな顔をする。

「なら逃げてきたのか？　あの王様からよく逃げられたな」

「俺が逃げる？　俺は逆らう奴らを全員殺した。だから生意気な口利くと殺すぞ！」

田中は勝手にイライラし始める。

何をして欲しいんだか？　俺もムカつくからどっかに行け。

「頭の悪い、雑魚へたれ野郎には分からねえだろうが、俺と鈴木は最強の力を手に入れた。すぐにレベルが上がる成長チートに、なんでも作れる生成チートだ」

今度は何も言わない。すると奴は独り言のようにぺちゃくちゃと喋る。

「俺らに相応しい力だ。当然だ。何せ勇者だからな。お前のような屑やこの世界の馬鹿どもとは違う」

「お前の馬鹿さ加減には呆れるぜ！」

田中が喋ると鈴木はご機嫌取りのつもりか、合いの手を打つ。強い者に媚《こ》びるとはこのことだ。

「で、だ。最初は喜んだぜ。やっと世界が俺を認めた。人間どもはお前のような馬鹿が多くて、俺を理解しない屑どもばかりだったが、神は俺を認めた」

「羨ましいだろ！」

勝手に喋らせておく。

「しかしだ。数日もすると疑問に思った。どうしてこんな屑どものために魔王と戦わないといけないんだ？　俺にはもっと相応しい相手が居る」

「この世界にはうんざりだ！」

「我慢できなくて、騎士たちを殺して出てきた。俺を舐めた当然の罰だ」

「田中は優しいな！　あんな雑魚生きてる価値ねえからな！」

「しかし、城を出たは良いが、金がねえ」

「勇者様に金を要求するとか非常識な奴だぜ！」

「そこでお前の噂を聞いた。随分と羽振りがいいそうじゃねえか。だから、会いに来てやった」

「俺たち友達だろ？　だから分かるよな？」

田中と鈴木が口を閉じると、沈黙が訪れる。俺だけでなく、周りの人たちもドン引きしている。もっとも自己中な二人は気づかないが。

「噂で聞いたけど、冒険者相手に好き勝手やってるらしいね」

あまりにも意味不明な日本語だった。だからつい、変なことを聞いてしまった。

「好き勝手やってねえよ。弱いあいつらが悪いんだ」

「弱い奴は死んだほうが良いぜ」

こいつら、日本語を喋っているつもりなのだろうか？　俺には別世界の言葉に聞こえる。

「つまるところ、金が欲しいってことか」

下種《げす》な考えだが、ここで戦うと周りに被害が及ぶ。

奴らは腐っててもチートを持っている。それを忘れてはいけない。

「俺をいじめてたことを謝ったら金をやる」

しかし、タダで渡すにはどうしても抵抗があった。だからせめて謝って欲しかった。形だけでも。

そうすれば、金を渡してもいい。

どうせまたせびりに来るだろうが、今は穏便に済ませたい。済ませるならさっさと渡すべきだが、
それだけは嫌だ！

「いじめ？　何言ってんだお前？」

「被害妄想？　病院行けよ」

二人は信じられないと真顔で言う。

「あのさ？　お前自分が悪いって理解してないの？　マジで何？　殺して欲しいの？」

「なんでへたれ野郎が学校来てんだ？　首吊って死ねよ」

なんて素敵な奴らだ。

「そもそもいじめなんていじめられる奴が悪いんだ。なのに被害者面《づら》しやがる」

「お前マジで頭おかしいよ。さっさと死ね雑魚」

ギリギリと拳《こぶし》を握りしめる。もはや頭に血が上り、血管は切れている。周りへの被害すら考えられないほど頭に来ている。

「おい？　何でへたれが拳を握ってんだ？　まさか俺たちと戦おうって思ってんのか？」

「ちっと会わないうちに忘れちまったか。もう一回腕を切って思い出させてやる」

二人が剣を抜く。チートで作り出した一級品の業物《わざもの》だろう。

もしかすると、神すらも殺せる魔剣かもしれない。

でも関係ない。奴らを殺す。それだけが重要だ。

「お前たちは何を言っているのか分かってるのか！　若いんだから働け！」

そんな緊迫した空気に、肉屋の親父が口をはさむ。

「ほらほら！　マジでゴミ！」

軽く剣を振ったように見えたが、ザクリと、肉屋の親父は、右腕を肩から切り飛ばされた。

「うがぁあああ！」

親父は傷口を押さえて、溢れる血を止めようともがく。だが大量出血だ。

「なんで俺がサラリーマンみてえなダサいことしなきゃいけねえんだよ？」

「殺しちまおうぜ！」

二人は肉屋の親父に注目している。今がチャンスと思ったが、その前に冒険者たちが襲い掛かる！

「てめえら！　いくら何でも許せねえ！」

レッドローズのイケメンたちが切り掛かる！

「マジ！　俺に勝てると思ってんの！　レベル５００超えの俺様に！」

田中の体に無数の剣が突き刺さる。

「なんだと！」

だが剣は田中の肌で止まっていた。レベル50の英雄じゃ太刀打ちできない。

「マジくそゴミ！」

田中が薙《な》ぎ払うと、レッドローズの男たちは、全員、両腕をぶった切られた。

胴体が無事だったのは、彼らが英雄級の実力だったからかもしれない。

「皆！　接近戦じゃ敵わない！　魔法で一斉射撃よ！」

様子を窺っていたホワイトリリーの面々が、一斉に呪文を唱える。

「鈴木！　銃だ！」

「おう！」

しかし、田中と鈴木はその隙を見逃さなかった。鈴木は二丁のマシンガンを作ると、その一丁を田中に投げ渡す。

「呪文なんて時代遅れだ」

パパパパパッという軽い音とともに、数百発の銃弾がホワイトリリーを襲う。

「いやぁあああ！」

ホワイトリリーは全員、ハチの巣となって倒れた。

「雑魚すぎるんだけどマジで！　マジでゴミ！　カス！　そのまま死んでろ！　弱い奴は死ね！」

田中と鈴木は血の大地で高笑いした。

「くそが！　そのまま油断してろ！」

皆には悪いが、チャンスが生まれた。完全にこっちを見ていない。

俺は地面を力強く蹴る。ドン！　という強い音とともに、信じられない速度で田中の眼前に迫る。

「え？」

驚愕顔の田中と目が合う。その次にはバキンと顎にクリーンヒット！　十分な手ごたえだ。

「いでぇえええええ！　あごぉがおれだぁあああああ！」

田中がゴロゴロと地面を転がる。殺す気で殴ったが死んでねえ！　急いで止《とど》めを刺さないと！

「動くなお前！」

鈴木ががなり声を上げたので、しまったと思った。八百屋のお孫さんが人質になってしまった。

「いいか！　こいつを殺されたくなかったら動くなよ！」

「よくやった鈴木！」

折れた顎を魔法で治療した田中が、憎しみに満ちた顔で剣を構える。

「このくそが！　殺してやる！　両手足を刻んで後悔させてやる！」

血の泡を垂らしながら、血走った目で笑う。

「この卑怯者が！　レベル５００超の俺に一発食らわせるなんて！　チートを持ってたのに黙っていやがった！　許せねえ！　絶対に許せねえ！」

「そうだそうだ！　本当はレベル４００くらいなんだろ！　俺らが油断してた隙に殺そうとした！　この人殺しが！　地獄に落ちろ！」

常軌を逸してる。

「れいやさん」

女の子は縋るように見つめてくる。

「屑どもが！」

俺は動けない。

「麗夜？　こいつら敵だよね？　殺して良いよね？」

その時、傍観していたティアがひょこひょこと隣に立って、首を傾げた。

「女、動くなてめえこら！」

「こいつが死んでも良いのか！」

たちまち二人が喚き出す。完全な獣だ。

「敵だ。迅速に殺してくれ」

ティアの力を信じて、そう言った。

「分かった」

ドスン！　瞬きする間もなく、鈍い音が響く。

「……はれ？」

「……はにほれ？」

レイピアのように鋭い剣となったティアの人差し指が、田中と鈴木の右目に突き刺さっていた。

「ほれはに《これなに》？」

鈴木は右目に突き刺さる鋭利化したティアの指を掴もうとする。

「はれ《あれ》？　ははら《体》は《が》ふほ《動》は《か》は《な》ひ《い》？」

しかし腕を持ち上げることはできなかった。それどころか二人の手から剣が零れ落ちる。二人は運動をつかさどる小脳を貫かれたようだ。もう指一本動かせない。

「はひはほひはほ《何が起きたの》？」

二人は未だに状況を把握できていない。それほどまでにティアの動きは素早かった。まさに次元が違う強さだ。これぞ魔王《ティア》の実力だ！

「こっちは早く殺せる」

ティアは無表情のまま、軽く指を動かして、鈴木の脳みそをかき回す。

「は、は、は、は！」

ビクンビクンと電気を流されたかのように体が痙攣する。

「はぽ！　ほぽ！　はぽ！」

鈴木の口から間抜けな声が漏れる。脳がかき乱されたことで、全身の筋肉が勝手に引きつる。

対してティアは徹底的に無表情だ。それは氷の彫刻のように美しく、恐ろしい。

じゅるじゅるじゅるじゅる。

鈴木の頭から何かを啜《すす》る音が聞こえ始める。

「はへぇえええええ！」

ガクガクガクガクガクガク！

鈴木は白目を剥きだして、体中を震わせる。そしてドロリと鼻からスライムが出てくる。

「ひゃひゃひゅへへへへへへへぽぽぽぽぽぽぽぽぽ！」

奇声を最後にダラリと動かなくなる。

じゅくじゅくじゅくと目や鼻、口、耳、あらゆる穴からスライムが出てくる。

ティアは鈴木の体内を食い荒らした。鈴木は体内から痛みの無いまま食い殺されたのだ。

「は《た》！　はふへへ《助けて》！」

一方田中はようやく事態を把握する。レベル５００を超える田中は強靭な体力と生命力を持っていた。

だからこそ、簡単には死ねなかった。

「ふむ。味は良い」

ティアは無慈悲に、冷酷に、淡々と、じゅるじゅると、田中への処刑を続ける。

「あああああ！」

喉が引きつる。体を動かせないようだ。じゅるじゅると頭から変な音が響く。

食われている。本能的に分かったのだろう。

「へひは《麗夜》！　はふへへふへ《助けてくれ》」

田中はなぜか俺に助けを求める。ここまで厚かましい奴だとは思わなかった。

「お前は許さない」

俺は死にゆく田中を冷たい目で見る。

「お前は俺をいじめた。罪のない人を傷つけた。殺そうとした。なのになぜ自分だけ助かろうとする？」

「はふへへ《助けて》！　はやはは《謝る》！　はははふはは《謝るから》！」

醜い命乞いだった。あまりにも聞き苦しい。

だからこそ、最大の憎しみを込めて、皮肉を送る。

「雑魚は生きる価値がない。お前の望み通りの結果だ！」

「ほへんはは《ごめんなさい》い！　ひひははひ《死にたくない》！　ひひははひ《死にたくない》！」

じゅじゅじゅじゅじゅじゅ！

「ほぽぉおおおおおおおおおおおおおおおおおおおおおおおお！」

ガクガクガクガクガクガクガクガクガクガクガクガク！

ちゅるん。

最強の勇者は魔王に手も足も出せず死んだ。

二人に相応しい最期だった。

「ざまあみろ」

二人の死を実感すると、暗い快感が体の奥底から湧き上がる。

何度もこいつらを殺してやりたいと思った。夢の中で何度も殺した。だけどできなかった。

人を殺したら罰せられる。力が無いから返り討ちに遭う。

怖かった。だから妄想することしかできなかった。それが現実となった。

「清々しい気分だ」

心は晴れやかだ。体は羽がついたように軽い。

「ありがとう、ティア」

出会ってから今までずっと救い続けてくれた女神に感謝を告げる。

「えへへ！」

ティアはどこまでも嬉しそうだ。

「そして、もうここには居られない」

周りを見渡し、怯えた無数の目と向き合う。

「分かってる。俺たちはモンスターだ」

深淵を見つめる者は深淵に見つめられている。怪物の血を浴びた英雄は怪物となる。

俺は長年いじめられた影響で、いじめっ子と同じく、人の死に快感を覚える体質になってしまった。

「ティア、行こう」

「良いの？」

ティアは満足した顔で、ケフリとゲップをする。

奴らはゲテモノだけに意外と美味しかったようだ。

「良いさ。俺にはお前が居る」

笑顔でティアに手を差し出す。周りは俺を理解できない。当然だ。彼らはいじめられたことなど無い。

とても平和で楽しい日々だったはずだ。でも俺は違う。毎日が地獄だった。

そんな男の思考回路など理解できなくて当然だ。だから手の平返されても恨まない。いつも通りになっただけ。つらいけど、大丈夫。

今はティアが居る。俺を軽蔑しない、唯一の存在が居てくれる。

ならばどこまでも逃げられる。ティアが居れば生きていける。

「うん！　ティアには麗夜が居る！」

ティアは満面の笑みで俺の手を取った。その温かさを感じつつ、再度周りを見渡す。

「れいや」

肉屋の親父はすっかり元気になっていた。

治療魔法を受けたのだろう。とても腕のいい治療魔法の使い手が居たようだ。

「ティアちゃん……」

ホワイトリリーとレッドローズの面々も回復した。さすが英雄級、生きているとは思わなかった。

ただ、顔は蒼白だった。まるで化け物を見ているかのように。

「れいやさん……」

八百屋のお孫さんは傷一つなかった。ティアの迅速な行動で助かった。

それでも、体は震えている。当然だ。俺とティアは化け物だ。あなたたちとは違う。

いくら人間に擬態していても、モンスターであることに変わりはない。

「さようなら」

彼らが無事なら心残りは無い。

だから、今まで人間らしい生活を送れたことへの感謝を込めて、別れを告げる。

「人間が居ない場所でモンスターと気ままに暮らそう。それが一番いい」

心に誓って、ティアとともに、町を出る。誰も引き止めなかった。

「どこに行くの?」

今まで暮らしていたダンジョンで荷造りをしていると、ティアが明るく問いかける。

「人が居ないところが良い。ただ完全に文明と離れると、それはそれで寂しい」

「ほうほう?」

「だからエルフや獣人といった亜人が住む森へ向かう。人間に近いから、商売くらいならできるはずだ」

「ティアもお仕事のお手伝いできる?」

「できるさ! 次はバリバリ働いてもらうから覚悟しろ!」

「うむ! ティア頑張る!」

笑い合っているうちに荷造りができた。荷物を手押し車に乗せて、ティアと一緒に押す。

「行こう!」

「出発!」

空が青く、太陽が熱い。

「良い気持ちだ。旅立ちにはぴったりだ」

■

「もう一度聞く！　誰が勇者二人を殺した！」

麗夜たちが去った次の日、町の人々は王宮騎士団から厳しい取り調べを受けていた。

「だから！　でっかいお化けですよ！　恐ろしくて恐ろしくて小便ちびっちまった！」

肉屋の親父は大げさに飛び上がる。

「お前の娘は魔王が現れたと言っていたぞ！」

「じゃあ魔王だ！　間違いない！」

「羽を生やした小人と言っていた！　お前が言うお化けとは違うぞ！」

「お化けつったらお化けだろ！　それ以上何を言えってんだ！」

こんな調子で取り調べが続く。

「もういい！　さっさと消えろ！」

「へいへい」

夜になってようやく肉屋の親父は解放された。その背中に騎士団長は舌打ちした。

「勇者を殺せる力を持つ魔物が現れた！　なのにあの不真面目な態度は何だ！」

騎士団長は声を荒らげて、宿屋で夕食のワインをラッパ飲みする。

「しかし、ここまで証言がバラバラだと、強力な幻術をかけられた可能性があります」

女性騎士はため息を吐く。すると一緒に座る騎士が首を横に振る。

「幻術外しができる術者は前線に集結している。呼び戻すことはできない」

人間軍は未だに押されている。それどころか前線を突破される可能性も見えてきた。

勇者が来たことで戦況は変わると思ったが、ほとんどが逃げ出し、残った奴らも役に立っていない。ぼんやりと戦場を眺めているだけだ。

「帰還する。住民に被害が出ていないのなら、我が国もしばらくは安全だ」

「勇者を狙った魔軍の刺客。脅威ですが、勇者狙いならひとまず安心ですね」

騎士たちはそう言うと、次の日、皇都へ帰還した。

「やっと帰ったか！」

騎士たちが居なくなると、肉屋の親父は酒場で苦々しげにビールを飲む。

「勇者が殺されて心配するなら、最初っから手綱《たづな》を持ってろっての！」

「あんな屑勇者殺されて当然よ！　死んで清々したわ！」

レッドローズとホワイトリリーのメンバーはカパカパと酒を呷《あお》る。

「麗夜、行っちゃったね」

ポツリと、八百屋の孫が呟くと、一気に場の空気が変わる。

「あいつには、悪いことをしちまったな」

おっさん冒険者はそら豆をかじると、ウィスキーを一口飲む。

「俺たちが腰抜かしてる姿を、怖がってるって思っちまったんだろうな」

彼らは麗夜に怯えたのではない。あまりに急に物事が進み動けなかっただけだった。

「寂しそうな顔でした」

肉屋の娘はハラハラと涙を流す。皆は麗夜が居なくなって寂しかった。皆は麗夜にずっと一緒に居て欲しかった。それは、麗夜に惹かれていたから。

麗夜は復讐するよりも、皆と仲良くしたほうが楽しいと分かっていたはずだ。だから麗夜は、皆と仲良くなるために頑張ったのだ。

麗夜のそういう姿は、平和な日常で暮らす彼らにとっても、尊いものだった。

だから、麗夜が居なくなって、心にぽっかりと穴が開いてしまった。

「お前たち！　しょげてる場合じゃないよ！」

そんな中、八百屋のお婆さんが活を入れる。

「麗夜は良い子さ。そりゃショックだったろうけど、いつか私たちを許してくれるよ。戻ってきてくれるさ。その時のために一生懸命頑張って、麗夜と笑顔で再会する！　それが私たちの仕事だよ」

お婆さんの言葉に、肉屋の親父が珍しく弱音を吐く。

「麗夜は俺たちを許してくれるかな？　礼も言えなかった俺たちを……」

「あの子は許すよ。私は分かってる」

お婆さんはボロボロと涙を流す。

「あの子は……神様みたいな子だよ……いつか……許してくれるよ……」

第四章　亜人の国

「麗夜、疲れてない？」

炎天下の森の中、照りつける太陽の下で、ティアが心配そうに振り向く。

「大丈夫。心配してくれてありがとう」

「うん！」

ニッコリと微笑むと、ティアも微笑み返してくれた。

「しかし、ここは本当に神秘の森なの？　ジャングルじゃないか」

森の中はまるで、テレビで見たアマゾンの熱帯雨林のように草木が生い茂っている。ツタが絡みついて真っすぐ歩くのも一苦労だ。

じっとしているだけで、汗が出るほど湿度も気温も高い。レベルが上がったとはいえ、体力の消耗は激しい。

「水が無くなったか」

木を彫って作った水筒を開けると、飲み水は空っぽになっていた。無くならないように注意していたのに。絶体絶命か！

「神秘の森に入って二週間経つが、この先に本当に亜人たちが住んでるのか？」

ダラダラと流れる汗を拭う。パーカーには、絞れるほど汗が染み込んでいる。

地図を頼りに神秘の森までたどり着いた。

二日ほどキャンプして、しっかりと飲み水や食料を蓄えたのに、未だに亜人の国にたどり着けない。歩いても歩いても緑色ばかりだ。

「ティア！　悪いが水を分けてくれ」

我慢の限界だったためティアに泣きつく。

「良いよ！」

ティアが胸元に手を突っ込み、体内から水筒を取り出す。

どうもティアの内部は、四次元〇ケットのようになっているらしい。

おかげで荷物を運ぶ手間が省けて助かるが、男らしく荷物を持つ姿が見せられなくて複雑だ。

「うにゅ？　空っぽ……」

水筒の底を睨みつける。どうやら俺たちは水の枯渇という最悪の事態に直面してしまったようだ。

「仕方がない。今日はここでキャンプするか」

これだけ湿気の多い森なら、サバイバル技術でいくらでも飲み水は作れる。

「麗夜、こっち向いて」

キャンプするのにちょうどいい場所を探しているとティアが俺を呼ぶ。

「どうした？」

振り向くと、ティアの唇が俺の唇と重なった！

「ん～～～～～～！」

突然のファーストキスで動けない！　おまけに何か液体を流し込まれた。美味しくてごくごく飲んでしまう。

「美味しい？」

ティアは唇を離すと、恥ずかしげもなく微笑む。

「ああ……元気は出た」

こっちは恥ずかしくて顔が見られない。

「い、今のはキスだからな！　人前でやっちゃダメだぞ！」

恥ずかしさに負けてニコニコ笑うティアを叱ってしまう。今は水の確保が先なのに。

「キスって好きな人とやるんでしょ？　だから恥ずかしくない！　ティアは麗夜大好きだから！」

全く淀みの無い愛の告白に何も言えなくなる。

「そ、そう言えば、ティアはキスの意味を知ってるんだな。驚いたよ」

話を逸らすために話題を変える。

ティアはスライムだからキスの意味が分からないと思っていたから、ちょっと不思議だった。まあ、以前暮らしていた人々の話や様子から学んだのだろう。

「田中と鈴木って奴の記憶にあった。あと、人間になるために参考にした女の死体にも」

「ちょっと待った！　ティアは食べた相手の記憶を読みとれるのか？」

変な流れで驚きの能力を知った。

「うん！　結構勉強になったよ！　自然な話し方とか、仕草とか、言葉の意味とか、常識とか。田中と鈴木は常識無かったけど、魔法の使い方や剣の使い方とか知ってた」

「驚いた。これじゃ俺が教えることは何もないな」

凄まじい能力に興奮する。恋人が凄くなるのは誰だって嬉しい。

「そんなこと無いよ！　麗夜はティアにいっぱい教えてくれる！　今も教えてくれる！」

「俺は教えているつもりは無いけど、何だ？」

「優しさとか大好きとか恋とか愛とか！　心で、肌で感じる！」

恥ずかしいことを笑顔で言ってくれる。嬉しいけどむずむずする。

「……待て。田中と鈴木の記憶も持ってるってことは」

恐ろしい事実に気づき、絶句する。

「うん。麗夜がどんな風にいじめられたのか、泣いていたのか知ってる」

知られたくない過去を、よりにもよってティアに知られてしまった。

「でも、だからこそ、ティアは麗夜が好きだって分かる」

ティアは俺の動揺する顔を見て察したのだろう。優しく抱きしめてくれた。

「ティアはあいつらみたいに楽しいなんて思わなかった。可哀そうだって思った。守りたいって思った」

ティアがなでなでと頭を撫でる。母親か、優しい恋人のようだ。

「情けない過去を知られちまったな」

「麗夜は悪くない。全部あいつらが悪い。だから安心して」

ティアは俺を離さない。ギュッと抱きしめ続ける。

「ティアは麗夜が大好き。愛してる。絶対に離さない。絶対に守る。絶対に泣かせない」

そしてすっと、口づけされた。

「ありがとう」

今の俺にはティアが居る。とても幸せだ。ならば悲しい過去に囚われず、胸を張って笑おう。そう思って顔を上げると、空にキラキラした物が見えた。

「あれは結界か！」

まさか亜人の国か！　人間に攻められないように結界を張っていたのか。

「決められた道を進まないと迷子になっちゃう結界だよ」

ティアはなんてこと無いと言う。どうやら相当強い魔術師を食べたらしい。

「抜けられるか？」

「道が分からないとだめだから結局総当たりになっちゃうかな？」

なるほど。だが、からくりが分かれば元気も出る。

「予定変更。周りに注意しながら進もう。もちろん目印を付けながら」

「およ？　休憩しなくて大丈夫？」

「あれが見えるってことは、亜人の国が近い。ならば明るいうちは探索したほうが良い」

確かに休憩も大事だけど、森の中は見通しも悪いから、このままじっとしているほうが危険だ。

「分かった。ティアは麗夜に従う！」

ティアがガッチリと手を握る。

「麗夜はティアが守るから自分のことだけ考えて！　自分のしたいようにして！」

「できれば男らしいところを見せたいね」

ティアと手を繋いで走る。走る。それでも周りへの注意を怠らない。

「そうか！　自分の影が差す方向に歩けばいいんだ！」

そして夕暮れが終わりかける頃、ようやく結界のからくりに気づいた。

木々の影に隠れて分からなかったが、自分の影だけ、太陽の位置に逆らって伸びている。

「急ぐぞ！　目印の影が無くなるとまずい」

「うん！　ティア頑張る！」

ティアは俺を抱っこすると、さらに走る走る！　なんで俺はティアにお姫様抱っこされてんだ？　普通逆だろ？

そんなことを考えている間に結界を抜けた。

その先は道路や家など、街並みが広がっていた。

そしてそこを歩くのは長耳のエルフにフサフサの毛を持つ獣人、屈強な肉体をしたドワーフ。ワニの獣人か？　くちばしを持った者まで居る。

「おお！　変な奴ら！」

「そんなこと言っちゃダメだぞ！　相手の身になって！」

ティアの腕から降りるとペシンと軽く頭を叩く。

「うむ！　言わない！」

「良い子だ」

さわさわと頭を撫でる。

「ふにゅ〜」

猫のようにすり寄ってくる。可愛い。

「しかし、ティアはともかく人間の俺を受け入れてくれるかな？」

亜人たちは人間と仲が悪い。考えると当たり前だ。

元の世界でも、人種差別はたくさんあった。それが原因で大きな戦争や争いが起きた。

こっちは姿かたちからして違う。ならば差別意識があるのは当然なんじゃないか。

「いかんいかん。差別するのは当たり前。そんなふうに考えちゃいけないことを忘れるな」

建前は大事だ。そうでなくては殺し合いが始まる。

「とにかく、夜になったたし、宿でも探そう」

「うん！」

ティアと一緒に一歩踏み出す。するとさっそくひそひそ話が聞こえた。

「人間だぞ……」

「どうしてここに居るんだ？」

好奇と軽蔑、さらに憎悪《ぞうお》と嫌悪感が混じった視線を向けられる。

「やっぱり人間が嫌いか」

安心したとは言わない。知らん顔してやり過ごす。

亜人と人間は仲が悪い。その昔、亜人と人間は戦争をしたからだ。

「もっとも数百年前の話だから、さすがに憎しみは薄れている」

事前に本で学んだ知識を思い出す。

数十年前に亜人と人間の王は国交を再開した。結果、特に問題も無く、今までやって来れた。

双方とももう戦争はしたくないのだろう。だから問題を起こさないように注意する。

だが差別はある。何せ『劣等人種の亜人』などという本が執筆されるくらいだから。

人間側がこうなのだから、亜人側も人間を嫌っている。

「襲われないだけマシか」

夜になったのに誰からも絡まれない。これは凄いことだ。

人間の世界なら、ズドン！　と背中を撃たれている。そんなことを考えつつ、周りを警戒しながら大通りを歩く。

大通りは自動車が六台並んで走れるくらい広く、おまけに地平線まで続くのかと思うほど長い。

とてつもなく大きい町だ。

「あれ、冒険者ギルド？」

ふと、ティアが指さした先を見る。ティアの言う通り、冒険者ギルドがあった！

「まさかここにも冒険者ギルドがあるなんて」

驚いたが、行く当てもない俺たちには絶好のチャンスだ！　飛び込むようにドアを開ける！

ガランガラン！　ドアを開けると盛大に呼び鈴が鳴った。

「人間だ！」

「なんでこんなところに？」

エルフやドワーフ、リザードマン、ウルフマンなどの亜人が一斉にこっちを見る。

「ん？　見られてる？」

ティアは足を止めて、亜人の冒険者たちを見る。どうやらティアは差別意識については知らないようだ。

「気にするな」

イチャモン付けられる前に受付へ行く。

「人間が何の用だ？」

受付の老いたエルフが睨む。

「道に迷ったら偶然たどり着いた。行く当てもないし、しばらくここに滞在しないといけない。そのために日銭が欲しい」

上手い言い訳だと思う。人間の世界から逃げてきましたと言うよりずっといい。

「ふん」

老人エルフは静かに鼻を鳴らすと、ステータスが見られる巻物を手渡す。

「人間ならレベル50は無いとクエストが受けられないぞ。何せエルフといった亜人は人間よりも数倍強い。エルフのレベル10は人間のレベル50に匹敵する」

追い返すための方便だ。

レベル50は千人に一人の逸材と言われている。そんなレベルを要求すること自体ナンセンスだ。

その証拠に、周りの亜人の冒険者がニヤニヤしている。

「帰れ帰れ」

「人間は人間の世界で生活してろ」

ネチネチと悪口を言う。事情が事情だから理解できるが、気分は良くない。

「分かりました」

ムカついた。だが殴る訳にはいかない。ならば目にもの見せてやる。

俺のレベルは４００以上だ。それだけのレベルなら雑音も消える。

「ステータスオープン！」

巻物を受け取り、ステータスを表示する。

表示されたレベルは１０２４２５。

表示されたスキルは天才と無限生成。効果は「獲得経験値を×10万とする」と「あらゆる物を作り出せる」こと！

おかしいな？　ステータスがバグってるぞ？　疲れ目かな？

「どうした？　早くステータスを見せろ」

「待ってください。どうも目にゴミが入ったようで」

見間違いだ。そうに決まっている。だから再度ステータスを確認する。

表示されたレベルは１０２４２５。

表示されたスキルは天才と無限生成。効果は「獲得経験値を×10万とする」と、「あらゆる物を作り出せる」こと！

「えええええ！！！！！！！！！！！！」

「どうした！　早く見せろ！」

そんな場合じゃない。ステータスがおかしい。なんで俺が田中の成長チートスキルを持ってる？　なんで俺が鈴木の無限生成チートスキルを持ってる。

「ティア！　ステータスを見せてくれ！」

一つだけ心当たりがあった。ティアだ。ティアは二人を捕食した。

「良いよ！　ステータスオープン！」

ティアのステータスを確認する。

表示されるレベルは553000000。

レベル5億5300万！

獲得スキルは魔王の他に、天才と無限生成。効果は「獲得経験値を×10万とする」と「あらゆる物を作り出せる」こと！

「うわああああああああ！」

ティアは二人を捕食した際にスキルも取り込んでいた。そうだ、口移しでティアの体液を飲んだ時だ。あの時スキルも分けられた。

「ステータスが中学生の時に考えた黒歴史ノートよりも凄いことになってるぅうううう！」

最強の魔王に最強チートとか、ちょっとシャレにならんでしょ、これ。

「うわぁあああああ」

ティアは俺の真似をして頭を抱える。

そんなの真似しなくていいから。意味分かってないでしょ？

「さっきからうるさいぞ！　さっさとステータスを見せろ！」

「レベル10です」

真顔で嘘を答える。

「レベル10？　そんな程度か」

「そうなんですよね……レベル50とか、はは！　俺たちにはとてもとても」

俺自身混乱が収まらない。どうすればいいのか分からない。ならばここは穏便に嘘をつく！

「レベル10？　へ！　大したことないな！」

「私たちなんかレベル25だもんね」

冒険者たちは呑気に笑う。今はムカついている場合ではないから放っておく。

「レベル50じゃないなら帰りな」

老人エルフはそっぽを向いて腕組みする。

「そこを何とか！　雑用ならできます！」

レベルがいくつになろうと金は必要だ。だから雑用でも我慢してやる。

「ダメだ。帰れ」

頑なな頑固爺め。ティアが怒ったら死んじまうんだぞ？

「うむ？」

ティアは先ほどよりもイライラした表情だ。俺たちを嫌っていると、態度で分かったのだろう。

「雑用もやるってのは本当ね？」

それでも頭を下げて頼み込んでいると、受付の奥から綺麗なエルフが出てきた。

「金さえ払ってもらえるなら」

指で輪っかを作る。

「なら採用試験をしてあげる。それに合格したらクエストを紹介するわ」

「ギルド長！　人間に仕事をやるなんて！」

老人エルフは立ち上がると、ギルド長に詰め寄る。

「人間に仕事をやるだと！」

周りの亜人冒険者もギルド長に食って掛かる。

「人手が足りないのは本当でしょ？　ゴブリン退治の」

「……なるほど」

老人エルフは合点がいったとばかりに、大人しく座り直す。

「あれなら人間にピッタリね」

亜人冒険者たちもニヤリとして落ち着く。どうも、高難易度クエストを押し付けられたようだ。

「ゴブリン退治ですか！　あいつらは弱いから大丈夫！　すぐに倒してきます！」

しかしここは愚か者をあえて演じる。これをクリアすれば報酬をゲット。おまけに仕事も受けられる。

「ここから1キロ南にある古代神殿にゴブリンが棲《す》み着いたの。家畜に被害が出てるから倒してきて。報酬は１０００ゴールドよ」

ギルド長は鋭利な目で微笑む。

「ゴブリンは何匹？」

「多分、千匹くらい？　大規模な巣を作ってしまったようなの」

高難易度過ぎる。いくらゴブリンが弱いと言っても数の暴力で押し潰される。

「分かりました！　行ってきます！」

しかし今の俺たちなら大丈夫だ。だから元気よく引き受ける。

「本当にやるの？」

今になってビックリしている。

「ゴブリンなんて楽勝ですよ！」

急いで出口に走る。

「考え直しなさい！　このクエストは、国王のエルフ20世が直々に発令した高難易度クエストよ！

あなたたち二人じゃ手に負えないわ！」

「だったら嫌がらせでもそんなクエスト紹介するんじゃねえよ！」

俺は不機嫌なティアの背中を押して、古代神殿に走った。

「あいつら殺していい？」

ゴブリンの巣穴に向かう途中、ティアが突然恐ろしいことを言う。

目を吊り上げた不機嫌な顔。彼女たちが俺たちを嫌っていると気づいて、ムカついたのだろう。

「ダメだ。あいつらを殺したら金を稼ぐことができなくなる」

頭をポンポンと撫でて宥《なだ》める。

「でもあいつら、麗夜のこと馬鹿にした気がする……」

ティアの声が沈む。泣きそうだ。

「あいつらを殺しちゃダメだ。攻撃してきてないし、利用価値がある。あいつらは俺たちが二人っきりで暮らすために必要な存在だ。それを分かって欲しい」

「利用」

ティアは目を瞑《つむ》って考える。

「麗夜が殺していいって言ったら殺す。これからもそうする」

納得したように腕組みして頷く。

困った奴だ。それでも、俺の意見を尊重してくれて嬉しいと思う。

「ありがとう」

頭を撫でる。もはや撫でないと落ち着かないくらいだ。

「ありがとう！」

ティアはギュッと抱きついてくれた。温かくて気持ちよかった。そんな風にほかほか気分で、雑木林のような森の中に入る。しばらく歩くと異変に気づく。

「ゴブリンの足跡だ」

草木が生い茂る真っ暗闇の中、地面にしゃがみ込むと、泥の足跡がくっきりと刻まれている。それは古代神殿まで続いている。

俺の力ならサクッと終わるはずだから、サッサと入り口に向かう。

「もしもゴブリンが良い奴だったらどうしよう？」

ふと足が止まる。俺はモンスターの言葉が分かる。相手が良い奴か悪い奴か分かる。良い奴を殺すのは、抵抗がある。

「しかし、倒さないとダメだし」

ポクポクポクと数十秒考える。

「良い奴だったら追い出す！　悪い奴なら殺す！　完璧な作戦だ！」

プランが決まったので再度足を進める。

グーーーーーーーー。突然ティアのお腹が鳴った。

「麗夜、ゴブリン殺すなら食べていい？」

ティアはお腹を摩《さす》る。そう言えば、まだ夕食を食べていない。

「う～ん。もしも悪い奴なら食べていいよ」

「やった！」

じゅるりと涎《よだれ》が垂れる。

「飯代くらい稼げるようにならないとな」

ゴブリンのようなゲテモノではなく、もっと美味しい料理を食べさせたい。そう思うと、気合が入ったので、臆することなく神殿に踏み込んだ。

神殿の中は外と違って冷え切っていた。湿度も低くジメジメしていない。

「巣を作るならうってつけだ」

目を瞑ると、そこら中にゴブリンが潜んでいることが分かる。

ジャリ。コソコソ。

レベルが爆発的に上がったため、少し集中するだけで、どこに、何が居るのか分かってしまう。

それどころか風や反響する音を頼りにマッピングもせずに内部構造を把握できてしまった。

コソコソ。

「田中の奴はムカつくが、チートはとてつもなく有用だな」

あいつも役に立つところがあった。そう思いながら、天井の陰から襲ってきたゴブリンを切り捨てる！

「ぐげ！」

ドサン！　コロコロコロ。首がティアの足元に転がった。

「食べていい？」

首を拾うとじゅるりと涎を飲み込む。

「良いぞ」

そっちが問答無用ならこっちも問答無用だ。

「やった！」

ティアはニッコリ笑うと、床に手を置く。

次の瞬間！　ビキビキビキビキとティアを中心に神殿中の壁や床にヒビが入った。ティアが木の根のように触手を神殿中に張り巡らせたのだ。

「グピィイイイイイ！」

奥からゴブリンの悲鳴が轟《とどろ》く。

じゅるじゅるじゅるじゅるじゅる！　続いて盛大な啜り音が響く。

「ギィイイイイイイイ！」

シーン。悲鳴が止むと完全なる無音。

「ごちそうさま」

ティアはペロリとご満悦。さすが最強の魔王。神殿中のゴブリンは数秒で居なくなった。

「せっかく武器を作ったのに、あんまり意味なかったな」

役目を終えた剣を折り曲げる。

ギリギリギリ！　ボキン！　武器はかさ張るだけだ。いつでも作れるなら必要な時だけ作ればいい。

「完了報告しに行こう」

「うん！」

十分で１０００ゴールド。上出来な結果だ。

「柔らかいベッドで眠れるぞ」

「やった！　ベッド知ってるけど初めてだから楽しみ！」

るんるん気分でティアと手を繋いで帰る。そして冒険者ギルドのドアを開けると、大声で言った！

「ゴブリン退治終わりました！」

「ブ！」

周りの亜人冒険者たちが飲み物を噴いた。

「嘘つくんじゃねえぞ人間！　千匹以上のゴブリンを一時間もしないで倒したって言うのか！」

「古代神殿は入り組んでいて上級冒険者でも迷う危険なダンジョンよ！」

亜人冒険者は真っ青な顔でヤジを飛ばす。

なぜ？　ちょっと考える。そしてすぐに答えが見つかった。早く倒し過ぎたんだ。レベル10が一時間で千匹のゴブリンを倒せる訳ない。目立たないようにしようと思ったのに、何やってんだ俺は。

「ごめん嘘つきました！　確か洞窟のゴブリンだったかな？　とにかく神殿には近づいてません！」

なんて完璧な言い訳だ。これなら場は丸く収まる。

「だよなぁ……驚かすなよ」

「レベル50以上の奴が数十人集まらないとクリア不可なクエストだ。嘘つくならもっと上手くやれよ」

「私たちでも手出しできないクエストを簡単に攻略されたら、自信がボキボキに折れてたわ」

亜人冒険者たちはため息を吐いて座り直す。良かった。収まった。

ガランガラン！　バタバタ！　突然汗だくの男性エルフ冒険者がギルドに飛び込んできた。

「大変だ！　古代神殿のゴブリンが人間に皆殺しにされた！」

「ブ！」

再び亜人冒険者たちが噴き出す。忙しい口だね。

「いつも通りゴブリンたちの見張り番をしてたんだが、一人の人間の冒険者が古代神殿に入って行ったんだ。十分くらいで出て行ったんだけど、何をしていたのか確かめたくて、古代神殿に入った。そしたらゴブリンが一匹残らず消えていた。人間の冒険者が倒したんだ！」

男性エルフ冒険者は、この世の終わりと言いたげな表情だった。顔は恐怖の色に染まっていた。

「あんな強い人間が来るなんて一大事だ！　もしかすると人間側が送り込んだ刺客かもしれない！」

その剣幕は周りを怯えさせるのに十分だった。

「あのよ……もしかして、あいつらじゃねえよな？」

ドワーフの冒険者が俺たちを指さす。

「出たぁあああああ！」

バタン！　男性エルフ冒険者は泡を噴いて倒れる。俺たちは化け物か？　いや一人は魔王だけど。

「やっぱりあいつらだぁああああああ！」

冒険者たちは部屋の隅っこまで逃げる。何でだよ？　悲しいよ？

「皆！　俺たちの後ろに隠れてろ！　絶対に守ってやる！」

腕利きの冒険者は青い顔をしつつも皆をかばって剣を握る。

「ワシが悪かった！　だから皆を殺さんでくれ！」

受付の老人エルフが目の前まで走ってきて土下座する。

「お金ならあげるわ！　10万！　いえ100万ゴールド！　ギルドの全財産よ！」

ギルド長は緊迫した表情で止めに入る。

「うにゅ？」

一方ティアは首を傾げるばかりだ。なぜこんな騒ぎになったのか分かっていない。俺も分からない。

とにかく騒ぎを収めないと。

「そうだ！」

生成スキルでフライパンを作り出す。

「ひぃいいいいい！　何も無いところから武器を作り出したぁあああ！」

「何だあの武器は！　まるでフライパンみたいだぞ！」

「分かったわ！　あれで私たちの肉を焼くのよ！」

「食われるぅううう！」

どんちゃん騒ぎみたいに慌てふためく。

「何の変哲もないフライパンに見えるけど油断しちゃだめよ！」

「分かってる！　あれは絶対に魔剣だ！　フライパンのような魔剣だ！」

凄腕の冒険者は後ずさりしつつも剣を構える。フライパンはフライパンだろ。

「うにゅにゅ？」

ますますティアは混乱する。俺も混乱している。だけど俺は騒ぎを静めたい。

「一緒に食事をしましょう！　俺たちが料理を作るので！」

前の町で皆と一緒に食事をした時は楽しかった。あれで仲良くなれた。

だから一緒に飯を食おう！　そうすれば仲良くなれるはずだ。

「め、飯？」

冒険者たちは一斉に固まる。

「ギルド長、厨房を貸してくれませんか？」

「言う通りにするわ！　だから何もしないで！」

厨房で何もしないって何のために貸してもらうのか分からんな。

「ティア。一緒に料理しよ。初めてだけど、俺の言う通りにしたらできると思う」

話が進まないのでティアと一緒に厨房へ向かう。

「おお！　料理！　ティア頑張る！」

ティアはウキウキと笑顔になる。

「まずはマヨネーズと醤油を作ろう」

異世界なら定番だよね！

「シチュー作りたい！」

「良いな。せっかくチートがあるんだ。いっそのことカレーとか色々作ろう！」

「やった！」

こうして俺とティアは料理を作ることになった。

まずはパパパッとマヨネーズと醤油を作る。

「チートスキル万歳！」

魔法を組み合わせれば、時間のかかる発酵や熟成も一瞬でできる。

というか、無限生成スキルがあるため、魔力の許す限り肉や魚が生み出せる。

それどころか電子レンジやクッキングヒーターまで作れる。発電機が作れる。ガソリンが作れる。

フルコースも過程をすっ飛ばして生み出せる。

チート乙なんてレベルじゃない。

「魔剣よりもよっぽどヤバい物が作れるんですが」

これだけで食糧不足が解決してしまう。さすが勇者のチートスキル。並みのチートじゃなかった。

ただし料理は普通に作る。チート尽くしでは味気ない。

「まずは野菜を切ってみよう。みじん切りって分かるかな？」

「うむ！　たぶんできる！」

トトトト！　ティアが玉ねぎをみじん切りにする。初めてなのに慣れた手つきだ。

「これでいい？」

「上手にできたな。次は玉ねぎのみじん切りを炒めてくれ」

「分かった！」

じゅうじゅう！　玉ねぎが黄金色になっていく。俺はそれを見ながら鍋に火をかける。

「できた！」

少しすると、カレーと野菜スティックの出来上がり！　ドレッシングはマヨネーズの醤油和《あ》えだ。

「もっと作ろう！　どうせなら色々食べてもらいたい！」

「うん！　ティアも色々食べたい！　色々作りたい！」

さらにシチューやケーキなど様々な物を作る。その作業は中々楽しい。見栄えも味も良い。

俺とティアは料理の才能があるのかもしれない。

「できましたよ」

「うお！」

鍋を持って行くと、凄腕冒険者たちとギルド長以外誰も居なかった。

「皆はどこへ？」

「よ、用事があったから帰ったのよ！　決して逃げた訳じゃないわ！」

ガクガクガク！　足が震えまくってるんですが。

「まあいいや」

椅子の上に料理を並べる。

「どうぞ、遠慮しないで食べてください」

ギルド長の返事は聞かず、ティアと一緒に手を合わせる。

「いただきます」

「いただく！」

やっと遅い夕食にありつけた。カレーを一口食べる。

「ゴブリンよりも美味しい！」

ティアが満面の笑みでスプーンを動かす。確かにうまい！　野菜スティックも美味しい。

やはりマヨネーズと醤油は最強だ。どんなチートよりもチートだ。

「ど、どうしますか？」

「い、今のうちなら！」

一方、ギルド長と凄腕冒険者たちは離れたところで作戦会議を始めた。

「ここは機嫌を取ったほうが良いわ。私たちで時間を稼ぐの」

ギルド長が緊迫した表情でこっちに来る。

「とても美味しそうですね！　いただきますわ」

引きつった顔だ。食事など目に入っていない様子だ。

「い、いただきます」

毒が入っていると確信した顔でカレーを食べる。

「え！　美味しい！」

体中の緊張がほぐれていく。

「ギルド長！　大丈夫ですか！」

一方凄腕冒険者たちは遠くで警戒する。

「皆！　これ本当に美味しいわよ！」

ギルド長は見る見るうちにカレーと野菜スティックを平らげていく。

「あの？　ギルド長？」

凄腕冒険者たちはギルド長の様子に困惑する。

「美味しいわよ！　食べてみたら？」

ギルド長は手と口が止まらない感じだった。

「おかわりいります？」

良い食べっぷりなので嬉しくなる。

「いただくわ！」

笑顔がキラキラと輝く。とても美人だ。

「皆さんもどうですか？」

突っ立ってるだけの凄腕冒険者たちに笑いかける。

「どうですかって」

とにかく困惑している。無理もないけどね。

「私、食べてみるわ！」

女性エルフの魔術師が椅子に座る。

「いただきます！」

そして渾身の勇気を振り絞ってカレーを食べる。

「辛《から》い！　舌と口がヒリヒリする！」

涙目で犬のように舌を出す。それでもスプーンは止まらない。

「大丈夫か？」

毒でも入ってるんじゃ？　そんな心配を込めて聞く。

「辛いけどやめられないわ！　不思議！」

女性エルフの魔術師はとんちんかんな返答をする。美味しそうに食べる姿は美人ですね。

「ちょっと食ってみるか」

ついに凄腕冒険者たちは根負けし、椅子に座って一口食べる。

「「うまい！」」

大絶賛だった。

「うまいうまい！」

ティアもご満悦だ。

「このうまいソースは何だ？」

「マヨネーズと醤油を混ぜたものです」

「マヨネーズと醤油？　魔法みたいなうまさだ！」

「この黄色いスープは何だ？」

「カレーです。ちょっと辛口ですね」

「カレー？　魔法の名前か！」

「これってシチュー？　こんなに甘いの！」

皆すっかりリラックスしてくれた。一時はどうなるかと思ったけど、良かった良かった。

「何か食べたい物があったら言ってください。作りますから」

皆が美味しいと褒めるので、ちょっとだけ調子に乗りたくなった。

「豆を塩でゆでた奴が欲しい！　ビールも頼む！」

「蜂蜜漬けの桃が食べたいわ！」

さっきとは打って変わって元気だ。

ガランガラン！　まったりしているといきなり大勢の亜人騎士たちが踏み込んできた。

「大丈夫か！　助けに来たぞ！」

人数は三十人前後。全員緊迫した顔だ。

「どうも。皆さんも食べませんか？」

争う気は無いので飯を勧める。

「皆！　これ本当に美味しいわよ！」

「皆で酒飲むか！」

ギルド長と凄腕冒険者たちは騎士たちを笑顔で手招きする。

「は？　どういうこと？」

騎士たちは全員フリーズした。

「その、人間が殺しに来たと聞いたんだが？」

騎士の隊長がギルド長に詰め寄る。

「……あ！」

ギルド長はしまったと口を押さえた。


「つまり、ギルド長たちの勘違いだったんですね」

「ご、ごめんなさい」

事情を聞いた亜人騎士団長がため息を吐くと、ギルド長と凄腕冒険者たちは深々と頭を下げる。

「気にしないでください。俺もちょっと頭に血が上ってた」

「うむ！　気にするな！　謝るなら許す！　当たり前！」

ふんぞり返るティアの頭をポスンと叩く。

「偉そうにしちゃダメ。向こうも謝ってるんだから」

「うむ！　本当は許せないが仕方ない！　あと眠い！」

ティアは納得したように頷く。そしてコクリコクリと船を漕ぎだす。マナーに関してはまだまだか。

「騒ぎになってしまったため、ここに来たお二人の事情を聞かせてください」

亜人騎士団長は端整な顔で問う。かなりのイケメンだ。大人っぽくてモデルみたいだ。

「実は、人間の世界から逃げてきたんです」

「なぜ逃げてきたんです？」

「俺はティアと駆け落ちしたんです」

再び嘘を重ねて事情を話す。人間を殺したから、なんて言ったら話がややこしくなる。

「駆け落ち！」

ギルド長と女性冒険者がピクンと反応する。どこの世界の女性もこういった話題は大好物か。

「説明する前にステータスをお見せします。そのほうが説明しやすいですから」

巻物を受け取って、ステータスを表示する。

「こ、これは！」

騎士団長もギルド長も冒険者も言葉を失っている。俺だって言葉を失うから当然だ。

「俺はステータスが爆発的に上がってしまう特異体質なんです。だから子供が作れるようになると、様々な女性と関係を持つように命じられました。俺の血を引く子供なら最強の英雄になる！　そう言われました。だけど俺にはすでに心に決めた女性が居た！　それがこのティアです！」

「ん？　麗夜、ティア呼んだ？」

コクンコクンと船を漕いでいたティアが目を覚ます。そろそろ寝る時間だ。

「俺はティアが好きだ。ティア以外の女性は考えられない」

「ティアも麗夜好き！」

「だから駆け落ちしたんです」

「麗夜とずっと一緒！」

多分ティアはよく分かっていない。だけど好きという単語に反応してくれた。

「そうだったんですね。なるほど、そのような事情なら人間の世界から逃げたくなるのも分かります」

「やっぱり人間って野蛮ね」

騎士団長は頷き、ギルド長は舌打ちする。ティアのおかげもあって納得してくれた。

「あなたたちに危害を加えるつもりはありません。ここで平穏に暮らしたい。それだけです」

「分かりました。王にもそのようにお伝えします」

騎士団長はスッと立ち上がると、１００ゴールドをテーブルに置く。

「今日はそのお金で宿に泊まってください。お騒がせした謝礼金です」

「ギルドからもお金を！　１万ゴールド！　ゴブリン退治の報酬と、迷惑かけちゃったお詫び」

騎士団長が言うとギルド長も慌ててお金をテーブルに置く。ありがたい。律義な人だ。

「では、ありがたく頂きます」

「こちらこそ。部下に宿まで付き添いをさせます。おやすみなさい」

「おやすみなさい」

「お休む！」

取り調べが終わったので、偉そうにふんぞり返るティアの頭をポンポン撫でながら、宿へ向かった。

「一時はどうなるかと思ったけど、結果オーライかな」

「眠い」

欠伸をかみ殺すティアと一緒に、欠伸をかみ殺しながら宿へ向かった。

■

「ロマンチックね」

麗夜とティアが去ったあと、冒険者ギルドでは騎士団長とギルド長、そして冒険者がお茶を飲んでいた。

「王子様と召使いの駆け落ちだなんて、本当にあるんだ」

女性エルフは何気なく呟く。眠いから夢を見ているのだろう。

「あの二人は王子と召使いの関係だったんですか？　そんな話一言も無かったような？」

騎士団長が首を捻る。こっちは眠くない。しっかりと現実を見ている。

「言ってたと思うよ？　それに複数の女性と関係を持たせるとか何とかって、王族くらいしかしないんじゃない？」

あやふやな記憶とフィクションが混ざり合う。

「ああ。まさか伝説の勇者の末裔だったとは。道理で強い訳だ」

リザードマンがこれまたいい加減なことを言う。手元にはビール。酔いが回り始めている。

「あの最強最悪にして全生物の敵と言われた初代魔王ゼラを倒した伝説の勇者の子孫！」

素面《しらふ》で生真面目な騎士団長はそれを聞いて驚く。麗夜のステータスに今もまだ驚いていた。

「じゃなかったらあんなに強い訳無いだろ？」

リザードマンがヒックとしゃっくりをする。顔はほんのりと赤い。

「確かにその通りだ！　いやいや、聞き逃していた」

生真面目な騎士団長はガリガリとメモを取る。

「あれだけの美少年だもの。当然よ」

ギルド長は夢心地で呟く。お眠のようだ。おとぎ話と現実の区別がついていない。

「なるほどなるほど！　聞き逃していた」

団長は一生懸命メモを取る。酔っ払いの戯言《たわごと》をひたすら聞き取る。それくらい慌てている。

「なんてことだ。これは一大事。すぐに王へ知らせて、国を挙げて歓迎しないと」

バッと騎士団長は立ち上がる。

どうやら麗夜は、伝説の勇者の末裔で世界初の帝国を建国した一族の血も入っていて、現皇帝の養子で腐敗する政治を正す政治家で亜人を差別しない心優しい美少年らしい。

「情報提供をありがとう！　全く、真面目に聞いていたと思ったのに、まだまだ修練が足りないな」

騎士団長は、一大事とばかりに冒険者ギルドを飛び出す。

「ふぁあああああ！　眠い」

一方、ギルド長たちは大欠伸して、テーブルに突っ伏した。

そんなことを知らない麗夜とティアは、ぐっすりと眠り、気持ちの良い朝を迎える。

「おはよう、ティア」

「おはよう、麗夜！」

同時に起きたので、ベッドの中でハグする。一緒に生活していると、目覚めも眠りも息が合う。

「麗夜大好き」

スリスリと顔を肩に摺り寄せる。

「俺も大好きだよ」

ティアの頭を撫でて、温かさと柔らかさを感じる。

お互いが満足するまで、抱きしめ合い、キスを交わす。大好き、愛してる。今日からの挨拶だ。

「朝ご飯を食べに行こう。その後町を観光して、商売を考えよう！」

三十分後にようやく体を起こす。まだまだイチャイチャしたいが、生活の基盤が無い以上ゆっくりしていられない。

それに麗夜は、ティアにお腹いっぱい食べてもらいたかった。しかしティアは大食漢なので、普通の冒険者として小金を稼いでちゃ間に合わない。だから新たな商売を考える必要があった。

「うむ！　頑張る！」

ティアはそんな麗夜の気持ちを感じているのか、ニッコリと笑い、もう一度キスをした。

コンコン。二人が着替えているとドアがノックされる。

「誰だ？　朝飯を頼んだ覚えはないが？」

急いで着替えを済ませると、心当たりがないまま、ガチャンとドアを開ける。

「おはようございます！　麗夜様！　ティア様！」

昨夜の騎士団長が迎えに来ていた。

「何の用？」

何か悪いことした？　そんな不安で声が小さくなる。

「王と王子があなた様に会いたいとおっしゃっております。お手数ですがこちらへ」

「は？　え？　え！」

待て！　まるで意味が分からんぞ！　でも何が何だか分からないまま誘導される。

「およ？　どこ行く？」

ティアは麗夜の後ろで首を傾げながらついてくる。

「俺にも分からん」

麗夜は薄《うっす》らと、昨日の嘘が原因じゃないかな？　と後悔していた。

あれよあれよと馬車に揺られて数十分経つと、大きくて立派なお城に入る。

「おお！　お城！」

ティアは楽しそうにニコニコと馬車の外を見る。

「城だねぇー」

一方麗夜はどんな言い訳をすれば良いか頭を悩ませていた。

「駆け落ちだとやっぱり不味かったかな？　厄介事はごめんだって追い出されるかな？」

お忍びの観光程度にしておけばよかった？　手遅れと分かっていながらも考える。

「後悔しても仕方ない。こうなったら出たとこ勝負だ！」

考えても仕方ない！　腹を括るだけ！

「到着しました」

ガチャリと馬車の扉が開く。

「ほっと！」

ティアが元気よく飛び出したので続いて降りる。

「待っていたぞ！　伝説の勇者！　噂に違《たが》わぬ美少年だ！」

「絶世の美少年だ！　美女と言われても疑わない！」

豪華な衣服を着る逞しい男性エルフと、オシャレな衣服を着るカッコいい男性エルフが待っていた。

「あの、何を言ってるんですか？」

伝説の勇者？　勇者だけど伝説って？

「何って？　お前こそ何を言っているんだ？　騎士団長から伝説の勇者の末裔と聞いたが？」

王様たちと一緒に敬礼していた騎士団長を見る。

「え？」

騎士団長は驚愕の表情になる。

あんたが驚愕してどうする。麗夜はそう言うしかなかった。

■

「全く！　酔っ払いや寝ぼけ眼の奴の証言を鵜呑みにするとは何事か！」

「申し訳ありません！」

俺は玉座の間でぼんやりと待機する。王様はすぐ済むと言って、額に青筋を立てながらかれこれ一時間は騎士団長を叱っている。

「むにゃむにゃ」

ティアは俺の膝枕で爆睡している。説教はいつ聞いても眠くなる。

「すまない。親父は叱ることでストレスを発散するタイプだ。最近魔軍の動きが激しくなってイライラしている。もうしばらく我慢してくれ」

床に座り込んでいると、王子がカッコいい笑みを浮かべ紅茶を持ってきてくれた。

床に座り込むのはマナー違反だけど、王子が、「話が長くなるから」と許してくれた。

できれば客間に通して欲しかったけど、まあ、向こうにも事情があるのだろう。嘘をついた後ろめたさがあるから従う。

「魔軍はここにも来るんですか？」

退屈しのぎに世間話をする。

「人間に攻め込めと圧力をかけてくる。確かに亜人は人間が好きではない。しかし戦争をするほどではない。そう言って断っているが、最近、武力をちらつかせてきて困ってる」

深いため息。どうやらマジらしい。

「魔軍はこの近くに居るんですか？」

「魔軍は人間領の西に住んでいる。ここは人間領から見ると東に位置している。だから直接魔軍が押し寄せている訳ではない。使いの者がやってくる」

「空を飛んでくるんですか」

「不死鳥《フェニックス》の魔物だ。擬人化できるほどの実力者だから、私たちでは太刀打ちできない」

表情を強張らせる。結構、深刻らしい。

「どの道断るしかないがな。人間を倒したら、次は私たちの番だ」

気の強い笑みを浮かべる。かなり、カッコいい。

「もしかして、俺たちを呼んだのって、魔軍と戦って欲しいとか？」

「見損なって欲しくない！　と言いたいが、半分はその通りだ。万が一、魔軍が本気で攻め込んできた時は、一緒に戦って欲しい」

「人間に頼って良いの？」

「民を守るためならプライドは捨てる。それで王の座を逃すなら、それで良い。民無くして王は存在しえない」

強い瞳だ。信念を感じる。

「残念ですが、確約はできません。もしかすると逃げるかも」

「それは残念だが、仕方ない。嫌がる相手を戦場に立たせても結果は無残だ」

王子は寂しそうに微笑むと、スッと視線を王様たちに戻した。

「もしも俺が正義感たっぷりなら、頷いたんだろうけどな」

眠るティアの頬を撫でる。

ティアは最強だ。でも戦わせたくない。ティアには傷一つ付けたくない。心からそう願う。

「分かればよろしい！」

「申し訳ありません！」

ちょうど王様の叱責が終わった。騎士団長はブルブルと震えている。

「騎士団長は失敗したらたっぷり叱られないと気が済まないタイプだ。実力もそうだが、一番親父と相性がいいのが彼だ」

王子が耳打ちすると、苦笑いが漏れた。

「待たせたな！　こちらへ来い！」

「はいはい。ティア、そろそろ起きて」

「おお！　起きた！」

大きな欠伸をするティアと一緒に王様の前に立つ。

「騒がせてしまったな。部下に代わり謝ろう」

「良いんですよ」

頭を下げる王様に笑いかける。するとなぜか、王様はまじまじと俺の顔を見つめる。

「本当に少年か？　どこから見ても下手な男装をした少女に見えるが？」

「男の俺にいきなり何言ってんの？」

プルプルと頬が引きつるが、王子も含めて周りはうんうんと頷いている。どうやら亜人の国は目が節穴な奴しか居ないようだ。

「それで、勘違いだと分かったのなら、俺たちは帰って良いですか？」

なんかもう疲れたので帰りたい。

「待て待て！　勘違いなのは分かった！　だが実力は確かめなくてはならない。ステータスは本当なのか？　間違いでは無いのか？　体で確かめんとな」

王様が手を叩くと、護衛の騎士たちが小さな机を持ってきた。

「レベル10万を超えると聞いた。どうだ！　試しにワシと腕相撲をしてみないか？」

王様は袖をまくり、ワクワクした顔で微笑む。腕の筋肉が凄い。俺の太ももくらいありそうだ。

「腕相撲ですか？」

女の子みたいと言ったくせに突然腕相撲とは、どういう料簡よ。

「ほう？　レベル10万はこけおどしか？　まさかそんなことある訳なかろう？　それともやはり女の子だったか？　ならば申し訳無いことをした。非礼を詫びよう」

いやに挑発してくるなこの王様は！　どんだけ俺と戦いてえんだ！

「む！　麗夜を馬鹿にするな！」

ティアがカッと目を見開く。ちょっとちょっと、煽り耐性が低すぎるぞ。お前が暴れたら世界が終わるから止めなさい。

「分かった。俺も男だ。全力でやってやる！」

馬鹿にされてスゴスゴと帰れない。殺し合いでも何でもないなら全力で頑張る。

「そうこなくては！」

王様が机に肘を突いたので、こちらも肘を突く。

「自己紹介がまだじゃったな。ワシはラルク・エルフ20世。エルフという種族の名は元々はワシの祖先の名じゃ。名君だったからそれが種族名となった」

「凄く強そうだ。絶対に俺が勝つがな！」

「よくぞ言った！」

男と男の意地のぶつかり合いだ。ガッチリと手を組み合う。すると、強烈な握力でびっくりする。相当な腕前だ。口だけじゃない。

「よろしいのですか？　麗夜様はレベル10万ですよ？」

審判を務める騎士団長が不安げに言う。

「何を言う！　エルフ家は亜人の中でも最強の種族。それにワシは元々武人じゃ！　どんな相手でも負けられん」

血の気の多い王様だ。

「俺は新庄麗夜！　よろしく！」

「よろしくの！」

そこで会話が終わる。

そしてシンと静まり返る。すると心臓の音がドキドキと耳に響く。

「はじめ！」

審判の声が響き渡る。

「セイヤァアアアア！」

「うおおおおおお！」

ベキン！

「ぐおおおおお！　腕の骨があああああ！」

王様が大粒の涙を流す。

「親父！」

「我が王！」

周りは大騒ぎ！

「ふふふふ！　麗夜は強い！」

ティアは自慢げに笑っている。ティアのほうが強いから暴れちゃダメだぞ？

「どうしよう」

俺は汗だくだった。やり過ぎた。確かにムカついてたけど、腕の骨を折るつもりは無かった。

「次は私の番だ！」

今度は王子が袖をまくって机に肘を突く！

「王子！　無茶です！」

周りは止める。しかし王子は引かない。

「相手はレベル10万の強敵だが親父を打ち負かした宿敵でもある！　十万を超えるエルフ族の長！　エルフ20世の息子が逃げる訳にはいかない！」

想像以上に血の気の多い家系だ。それだけ強いのだろう。

「あの、俺は気が進まないんですが？　ケガさせたくないんで」

「舐められたものだ！　と言いたいが、気持ちは分かる。だからこちらも魔法を使わせてもらう！」

未来のエルフ21世は精神統一する。

「筋力強化《ビルドアップ》！　筋力強化《ビルドアップ》！　筋力強化《ビルドアップ》！」

見る見るうちに腕が丸太になる！

「私の全力全開だ！　来い！」

なんて気合いだ！　断れる雰囲気ではない。

「分かった！　やってやる！」

ガッチリと手を組み合う。やはり凄い握力だ。相当な使い手だ。

再び、耳が痛いほどの静寂が流れる。

「はじめ！」

審判の声が響く！

「勝たせてもらうぞぉおお！　人間んんんんん！」

「負けるかぁあああああああ！」

ボキン！

「いてぇえええええ！　肩の骨が外れたぁあああ！」

エルフ21世は大泣きして床に転がる。筋肉が見る見るうちにしぼんでいく。

「ふふふふ！　麗夜に敵なし！」

なぜかティアは自慢げだ。

「こうなったら騎士団長である私が相手だ！」

そして騎士団長がテーブルに肘を突く。

「まだ頑張るの？」

てめえらはどんだけ負けず嫌いなんだ！　でもやる。そしてボキリ。

「ぎえええええええ！　腕が変な方向にぃいいいいい！」

また怪我人が出る。手加減したいけど加減が分からない。

「ならば副団長の私が相手だ！」

「負けず嫌いだねあんたら！」

結局、王様と王子、さらに騎士団三十人が病院送りになった。

「あの、王と王子が病院へ行ってしまったので内政ができなくなってしまったんですが」

宰相が乾いた笑みを浮かべる。

「俺は知らん！」

第五章　亜人の国で料理屋

エルフの王様を病院送りにした翌日、またまた亜人の騎士団が来た。

今度は昨日と違い、若いウルフマンの騎士だった。

「し、失礼！　新庄麗夜殿の部屋と思いましたが間違えました！」

「俺が新庄麗夜だ」

開口一番に何言ってんだこいつ？

「あなたが新庄麗夜！　エルフの王をボコボコにしたと聞いて、いかつい男性かと思っていましたが、随分と美人な女性ですね。どこかの王女様ですか？」

「俺は男だ！」

何度このやり取りをすればいいんだ！

「何の用ですか？」

話が進まないので話を急かす。さっさとティアと一緒に町を観光したい。

「おお！　そうだった！」

騎士はゴホンと咳払いして威厳を見せる。

「各種族の王がお呼びだ！　来てもらう！」

「嫌です。帰ってください。朝飯も食べてないのに非常識ですよ？」

偉そうな態度にイライラする。今日くらいゆっくりティアと一緒に居させてくれ。

「ごめんなさい来てください。じゃないと怒られるんで」

突如ペコペコ頭を下げる。なんか可哀そうだ。

「高圧的にならないでね。俺は人によって低血圧になるから」

仕方ないので再びティアと一緒に馬車に乗る。

「パン美味しい！」

朝飯は馬車の中で食べた。豪勢な馬車だった。そしてパンは美味しかった。だが昨日よりも美味しく感じられなかった。

「亜人の国の食事は質素だな」

昨日も今日も、パンに豆とキャベツのスープに葉物野菜のサラダ。デザートはパンケーキだけと種類が無い。肉が無いし、魚も無いし、塩コショウも無い。

同じものだけを食べている。これでは飽きてしまう。

「そう言えば、カレーやマヨネーズに驚いてたっけ」

豊かそうに見えるが食事は貧しい印象。……何だか商売の匂いがしてきた。

「王子に事情を聞いてみるか」

商売のこととなるとなぜかワクワクする。性に合っているのだろうか？

そんなことを考えていると、国会議事堂のような建物に入る。その中には数百を超える屈強な亜人が待っていた。

「お前がエルフの王と王子を病院送りにした人間だな。随分と美人な女だ。どこかの王女か？」

「だから俺は男だって言ってんだろ！」

マジで何度このやり取りをすればいいの？　男なのに美人と言われてもちっとも嬉しくないね！

「あの子、あんなに可愛いのに男の子だって！」

「すっごい美形！　女なのに嫉妬しちゃう」

「素敵！　抱かれたい！」

そして見物客の王女や王妃がよく分からないことを言う。俺は美人でも何でもない！

「何の用です？」

はよ終わらせたい。

「そうだったな」

ゴホンと代表と思われるウルフマンの王が咳払いする。

「エルフを倒したくらいで調子に乗るなよ！　我がウルフ族は亜人の中でももっとも筋力がある！　レベル10万でも油断しないことだ！」

どうやら腕相撲の申し込みだ。

「エルフの王が亜人の王なんだろう。あんたたちの王は俺らを認めている。喧嘩を売るのは筋違いだ」

「復讐ではない！　我が種族の強さを刻み付ける儀式と思ってもらう！」

儀式ってなんだよ？　結局エルフ20世よりも、自分が亜人の王に相応しいって証明したいだけだろ？

「分かった」

何を言っても無駄だ。ならばいっそのこと、全員倒してやる！　だから気合を入れて手を組み合う。

「はじめ！」

審判が合図するとともにバン！　と机を叩く音が響く。

「いてぇえええ！」

ウルフ族の王が手の甲を押さえる。手加減したから骨や筋肉に異常はない。

「次の人来てください」

ため息を吐く。

亜人の国は、各種族の長たちによる代表民主主義なのだそうだ。現王が倒されたということで、腕自慢の各種族の王が挙《こぞ》って勝負を仕掛けてくる。

俺を倒せば亜人の国の王！　そういうことになるようだ。

「つ、つよすぎるるるるる！」

今度はリザードマンの王が涙目になる。

「嘘でしょ！　つま先から脳みそまで筋肉と言われるほど筋肉に栄養を回した人が負けるなんて！」

「麗夜様カッコいい」

向こうでは、各種族の王妃や王女が呆気にとられていた。なんか嬉しい声に混じって悪口が聞こえたぞ。

「ふっふっふ！　麗夜に敵は居ない！」

ティアは滅茶苦茶自慢げだ。嬉しいけどこそばゆい。

「ええい調子に乗るのもいい加減にしなさい！　次は腕力しか能の無いドワーフ王よ！」

だからそれ悪口だって。

「麗夜は負けない！」

ティアはティアで笑顔でキャッキャとはしゃいでいる。楽しいなら何よりだ。そう思いながらバシンとドワーフ王を倒す。

「嘘！　皆しっかりして！　このままじゃ私たち亜人は人間の奴隷よ！」

「でも麗夜様の奴隷なら良いかも」

なんでそこまで深刻な勝負になってんだ？　こんなの遊びだろ。あと変な声も聞こえたぞ。

「何たることだ！」

「大丈夫！　三人がかりなら負けることは無い！」

ついにルールを無視しやがった。でも簡単に勝てる。

「バカな！　三人がかりでも勝てない！　本当に人間か！」

「ならば次は十人だ！」

今度は俺の腕にロープを巻き付ける。そしてそのロープを、十人がかりで引っ張る。

どう見ても綱引きです。

俺が椅子に座って机に肘を突く、腕相撲スタイルであることを除けば。

「勝手にしてくれ」

さすがに疲れてくる。早く諦めてくれ。そう思ってグイッと引っ張る。

「ぎぇえええ！　肩の骨が抜けたぁあああああ！」

「手の皮がむけたぁあああああ！」

阿鼻叫喚《あびきょうかん》の地獄絵図だ。まるで俺が悪いみたいだ。

「つ、次は全員で挑むぞ！」

さらに長いロープを巻き付けてきた。そして、すべての王と王妃に王女までがロープを引っ張る。

「なんやこれ？」

もちろん全員倒した。楽勝だ。

そしたら意味不明なことを言われる。

「次の国王は麗夜となった」

「なんでだよ」

だが長たちは、至って真面目に、沈痛な面持ちで頭を下げた。

「お主がワシらを倒したからだろ！」

なぜか逆切れされる。

「く！　まさか人間に負けるとは！」

「仕方がない！　力の強い者が上に立つ！　自然の摂理だ！」

おまけに泣かれる。

「お願い！　私たちは好きにしていいから民には手を出さないで！」

「あんな美形なら奴隷にされても悔いはないわ！」

王妃と王女は何を言ってるの？

「えっとですね。俺が国王になっても国民が認めないと思いますよ？」

「ワシらが認めさせる。認めるしかないのだ！」

あんたたちがそれで良いなら仕方ないけど、本当にそれで良いのか。

「麗夜が国王！　凄い！」

ティアは俺と違って喜んでる。ティアには悪いが、俺には似合わないので退位する。

「分かりました！　今から僕は国王です！　そしてたった今！　辞退します！　次の国王はエルフ20世です！　頑張ってください！」

「な、何だと！　そんな非常識は認められない！」

押し付けたお前らが常識を語るのか。

「俺は国王になるつもりは無い！　ティアと一緒に暮らす！　それがすべてだ！」

「おお！　麗夜！　カッコいい！」

ティアがパチパチと拍手する。

「しかし、そう言われては仕方ない」

ようやく諦めてくれた。

「分かった。認めよう。その代わり、何が望みだ？　女か？　金か？　地位か？　名声か？」

俺は海賊か何かか？　でももらえる物はもらう。

「欲しい物、か」

何が欲しいか考える。すると、この国の食事情を思い出す。

カレーやマヨネーズであんなに喜んだ。ならば商売になる。

「なら、大通りに料理屋を開きたい。だから店舗をタダでくれ。当面の金もくれ。住居もくれ」

「そんなことで良いのか？　領土を三分の一とか言われるかと思ったが」

俺はお前らにとっていったい何なんだ？

「俺が要求するのはこれくらいです」

「そうか……他に欲しいものがあったらいつでも請求すると良い」

小遣い感覚か！　しかし、これで新しい商売のめどが立った。次は料理屋だ。

「色々あったが、ぼろ儲けだ！」

騒動が終わると、意気揚々とティアと手を繋いで宿に帰る。

「次は料理屋だ。お客さんに振る舞うから、丁寧にやろうな」

「頑張る！」

ティアは元気いっぱいにガッツポーズする。

「よし！　チート能力は戦いだけじゃないってことを見せてやるぞ！」

「おおー！」

そしてその日に家をもらい、三日後に店をもらった。

大通りに並ぶ三階建ての大きな店。ここが俺とティアの店だ。

名前は「家族亭」。コンセプトは家族や友人と仲良く食事ができる場所。

厨房は一階にある。

百個のパンを一気に焼きあげる竈《かまど》がある。百人分のスープを一度に作れるコンロがある。百人分の食器を一度に洗えるシンクがある。一度に百人前盛り付けできるテーブルがある。

内装は安心感を与えられるように、桜の木をふんだんに使った。椅子はクッション完備。小さいお子さんが座れる補助椅子も用意した。

テーブルクロスは敢《あ》えて使用しない。

真っ白なテーブルクロスは高級感が出てカッコは付くが、ゆったりまったりする時は気を遣ってしまうと考えた。

階段は手すり付きだ。家族一緒に並んで上れるように、幅は広めだ。

テーブルは百卓、椅子は計四百脚ある。

良い物件だ。素直に称賛する。

「いよいよ料理！」

ティアがふんふんと、鼻息も荒く腕を振った。

「作る前に王子に会いに行こう」

「およよ」

ティアがカクンと滑る。

「なんで？」

「商売に失敗しないためだよ」

エルフとドワーフでは好き嫌いが違うはず。食事の種類が貧しい理由も含めて聞いておきたい。

そんな訳で王子の自室を訪ねる。彼は快く通してくれた。

「よく来てくれた」

まだ痛々しく腕をつっている。自業自得だから気にしないけど。

「ちょっと聞きたいことがある」

かくかくしかじかと、食事の種類が少ないことや好き嫌いについて質問する。

「エルフは猟や漁をしない。そういう決まりになっている」

返ってきた答えは意外だった。

「なんで？」

「亜人の国は数百の種族が暮らす合同国家だ。魚は魚人族、肉はウルフマンなど肉食の獣人が食べると決まっている」

「なんか変な決まりだ」

「例えば、牛を食べるとなると牛人が苦い顔をする。魚の場合は魚人が苦い顔をする」

ああ、なんか納得できる。

「それに領土の問題もある。基本的に亜人は違う種族の領地に入らない。食生活などすべてが違うからな。しかしそうなると、塩や家畜を育てる土地を特定の種族が独占することになる」

「ある種族は家畜を飼えて好きなだけ食べられるけどエルフは食べられない。不公平だろ？」

「仕方がない。エルフやドワーフなど限られた種族は雑食だから何でも食べられる。しかし肉や植物しか食べられない種族も多く居る。そうなると譲り合いが必要になる」

「なるほど。納得できないけど理解はできた」

事情は分かった。

亜人の国は多種族の集まりだから、制限が多い。それが食事にも影響している。

「一つ聞くが、もしも俺が肉や魚など食料を調達したら怒られるか？」

「エルフ領に迷い込んだ魚や動物なら問題無い。もっとも、料理屋に出せるほどの量は無いと思うが」

ならば一安心か。

「最後に、亜人たちの好みや食生活が載った本は無いか？」

「もちろんあるぞ。欲しいか？」

「もちろん欲しい」

「ならば本棚を適当に探して持って行け」

「ありがとう」

これで問題はクリアしたも同然だ。


「さてさて。いよいよ料理の始まりだ！」

牛肉や豚肉、鶏肉、卵、その他野菜を厨房に並べる。

「何人前作るの？　何を作るの？」

ティアはウキウキと包丁を振り回す。危ないから止めなさい。

「ハンバーグにゆで卵、梅のおにぎりに鶏の照り焼きにシュークリームにその他色々を百人前」

「おお！　いっぱい！」

「それらをお弁当として無料で配る」

「およ？　お店で売らない？」

「まだまだ無名だし、受け入れられるか分からないからね。試さないと」

大丈夫、金はあるし、何より食材はいくらでも作れる！

「早速作ろう！」

「おお！」

こうして料理屋の第一歩が始まった。

「一分でミンチ肉にする。用意は良いな？」

こちらは牛刀を握りしめる。

「うん！」

ティアが頷いた瞬間、牛刀を振り下ろす！

スパパパパパパパパパパ！

俺が牛肉をスライスする！

プチプチプチプチプチプチ！

ティアがスライスした牛肉をミンチにする！

「終わり！」

時計を見る！　一分ジャスト！

２００キログラムの牛肉も、レベル10万超えと5億超えにかかれば一瞬でひき肉だ！

「この調子でどんどんやるぞ！」

「やってやる！」

目にも留まらぬ速さで次々と料理を作る！　チート持ちじゃないと不可能なことだ。

「できた！」

すべてをプラスチック製の弁当箱に詰め終わる。時刻は十二時。この時間が一番の稼ぎ時だ。

「絶対に美味しいって言ってくれるよね！」

ワクワク！　ドキドキ！　ティアはそんな感じにソワソワする。

「それを確かめに行こう！」

手押し車にお弁当を積む。その最中に通行人の様子を見る。

「ふむ。通行人は俺たちに興味なしか」

通行人はエルフが多いが、ドワーフやリザードマンなど他種族もたくさん居る。さすが亜人の国の首都だ。

それでありながらこっちに一瞥もくれないのは、わざと見ないようにしてるのか、本当に興味が無いからか。

「まずは冒険者ギルドへ行こう」

あそこなら俺の顔を知っている奴らが居る。

「行こう行こう！」

ぴょんぴょん跳ねるティアと一緒に手押し車を押して、冒険者ギルドへ向かった。

「あら、珍しい顔ね」

そして冒険者ギルドに入ると、ギルド長が笑顔で応対してくれた。

「突然だけどこれ食ってみて」

弁当箱を一つ手渡す。

「本当に突然ね。どうしたの？」

「料理屋を始めた。宣伝を兼ねて試食して欲しい」

「不味かったら容赦なく酷評するけど大丈夫？　殺さないし壊さない？」

俺は犯罪者か？　それとも化け物か？

「受け入れるから、食ってくれ。自信作だ」

「なら信用するわ」

ギルド長は受付の左手にある待合室兼酒場に移動する。そしてよいしょと椅子に座る。

「ギルド長だ」

「ここで食べるのは珍しいな」

多種多様な冒険者が興味深そうにギルド長に注目する。この状態で不味いって言われたら晒し者だな。

「ドキドキ！」

ティアは両手で顔を隠し、指の隙間からギルド長を見つめる。やっぱり、緊張するのだろう。

「これは何？　お肉？」

ギルド長はフォークに刺さったハンバーグを持ち上げる。

「牛肉をミンチにして焼いたハンバーグだ」

「牛肉？　よく手に入ったわね。高級品よ」

ギルド長はびっくりして目を見開く。

「騙されたな。牛人が一般に売る肉は決まって病気になった食えない肉だ」

「可哀そうに、ゴミにお金出したのね」

ひそひそと冒険者が騒めく。どうやら種族間でも偏見や差別があるようだ。

「うにゅ！　何かバカにされている気がする！」

ティアがムッとして周りを見渡すが、グッと手を握って押さえつける。

「じゃあ、いただくわね」

そんな不穏な空気の中、ギルド長は意を決してハンバーグを口に入れた。

「なんて美味しい！」

そして満面の笑みで絶賛した！

「噛めば噛むほど、美味しい汁が口いっぱいに広がる！　それに肉の臭みがまるでない香ばしい匂い！　塩のしょっぱさでしつこい脂が溶けるように喉を通るわ！」

感動した様子でバクバクと食べていく。

「茹でた卵にお塩！　なんて贅沢なの！　それにモチモチしたお米に海苔《のり》！　海苔なんて年に一回の全国ギルド集会の夕食で食べたきりよ！」

喜んでいる。それは嬉しいが、涙を流すほどなのか？　日本だったら数百円くらいのメニューだぞ？

「俺にも食わせてくれ！」

「あたしも！　お金はちゃんと持ってるわ！」

ギルド長に感化されて冒険者たちも欲しがる。

「今日はタダでいい。その代わり、明日から店に来てくれ」

トントントンと手際よく渡していく。ひそかにエルフ用、ドワーフ用と相手を見極めながら。

「気前が良いな！」

次々と弁当が無くなっていく。

「うますぎる！」

「すっごい贅沢！」

そして絶賛の嵐！

「これいくら？　毎日食べたいわ！」

ギルド長に聞かれて、言葉に困る。値段設定を忘れていた。

「一つ2ゴールド。お店でフルコースなら5ゴールド」

日本円だと200円と500円くらい。材料費とかほとんど掛かってないからこれでもぼったくりだ。

「そんなに安いのか！」

「こりゃもう通い詰めるしかねえ！」

盛大な拍手が巻き起こる。拍手？　なぜ？

「喜んでもらえて嬉しいよ」

大げさな喜びように困惑するが、気分は悪くない。

「うむうむ！　嬉しい！」

ティアも嬉しそうだ。それが一番嬉しい。なら受け入れよう。


「評判は上々だな」

店の前で手ごたえに満足する。これなら上手くいくだろう。

「お弁当残っちゃったね」

ティアがじゅるりと余った弁当に涎を垂らす。かなり配ったが、それでも五十人前は残っている。

「もうちょっと配ろう。それでも残ったら食べよう」

「うむ。残念だが麗夜の言う通りにする」

ティアはじっと、穴が開くほど弁当を見つめる。もうちょっと我慢してね。

「じーーーーー」

視線に気づき、足元に目をやる。エルフとウルフマンの子供が弁当を見つめていた。

「どうした？　腹減ったのか？」

「うん！　何か美味しそうな匂いする！」

ウルフマンの子供はふんふんと弁当に鼻を近づける。

「お父さんとお母さんはどうした？」

与えても良いけど、できれば親御さんに渡したい。そうしないと宣伝効果が無いからだ。

「お父さんとお母さんは死んじゃった！」

なんで明るい顔でヘビーなことを言うのかな？

「遠慮せず食え」

そんな悲しいことを言われたらあげたくなるに決まってる。

「うめぇぇぇぇ！」

そして食べるとニコニコ笑顔。やっぱり子供は笑顔が良い。

「ねえねえ！　教会の皆も連れてきていい？」

「君たちは教会に住んでるのか？」

エルフの子供をよく見てみる。すると穴が開いたボロボロの古着を着ていて、体も痩せている。

「うん！　僕たちは孤児で、シスターと一緒に居るよ！」

「お腹空かせてる？」

「うん！　でも貧乏だから仕方ないってさ！」

だから涙が出るようなことを笑顔で言わないでくれ。

「シスターもお友達も連れて来い。食わせてやる」

「やった！　待ってて！」

二人とも弁当を食べながら走って行った。

「ごめんな。お昼待たせて」

お腹を空かせたティアに謝る。

「麗夜が嬉しそうだから大丈夫！」

ティアはいつも笑顔。この後たくさん食べてもらおう。そして、俺が嬉しそう？

「ま、ガキはいっぱい食べないとな」

昔のことを思い出して苦笑い。

「うにゅ？　どうしたの？」

「何でもない」

両親と兄が蒸発し、俺は親戚中をたらい回しにされて、しつけと称して飯抜きや寒空の下に裸で放り出される虐待《ぎゃくたい》を受けた。

それからは家事をやってへこへこすることで何とか凌《しの》いできた。

そんな詰まらない話、ティアにしたくなかった。

そんな苦い思い出に歯ぎしりしていると、たくさんの子供たちとシスターが走ってきた。全員見事に痩せている。腹を空かせているのは明白だ。

「どうぞ。遠慮なく受け取ってください」

何か言われる前にエルフやドワーフのシスターに渡す。

「本当によろしいんですか？　申し訳ありませんが、ほとんどお金が無い状況で」

「たくさんあります。気にしないでください」

飯を食えない地獄はよく知っている。

「良ければ明日もこちらに来てください。簡単なものですがお弁当を用意します」

「そんなにしてもらっていいのですか？」

「良いんですよ。金なんて」

金は重要だが、一番ではない。それだけは確かだ。

「では、お言葉に甘えます」

シスターと子供たちは祈りを捧げる。どんな神か分からないが、笑顔で暮らして欲しい。

「あなたに神のご加護を」

そして皆が笑顔でバクバクと弁当を食べる。

「なんだなんだ？」

物珍しさに通行人も足を止める。

「皆食ってみるか？　美味しいぞ」

結局、ティアが食べる分も無くなってしまった。

そして、すべて配り終えると夕日が沈みかけている。時間を忘れて、飯も食わずに配り続けてしまった。

「ご飯食べようか」

手押し車をしまって店に入る。

「お腹ペコペコ」

お腹をさすりさすり。さすがに頑張りすぎた。

ドンドン！　そこにドアがノックされる。

「今日は閉店だ」

疲れ気味にドアを開けると、ズラッと冒険者や孤児が並んでいた！

「閉店！　せっかく食いに来たのに！」

閉店って文字が読めねえのか！

「あのね、今日はもう店じまいだから」

「ケチなこと言うな！　ちゃんと金はある！」

ケチなこと言ってるつもりはねえんだが。

そして、迂闊《うかつ》なことに腹を空かせた孤児と目が合う。

「食べられないの？」

ああ！　なんて可哀そうな目だ！

「ティア！　この場合どうする！」

「麗夜のやりたいようにやる！　ティアは我慢できる！」

頼もしいね！

「こうなったらチートの見せ所だ！　すぐに準備しろ！」

「麗夜と一緒なら楽勝！」

俺とティアはチートをフル活用して客たちの期待に応えた。

その奮闘は、深夜まで続いた。

なんでこうなったのか、不思議で堪らない。

「皆に美味しいって言われるの嬉しいね！」

でもティアが笑ってくれたから、これで良いのだろう。

第六章　オオカミのお母さんと赤ちゃんが家族に加わりました

飲食店「家族亭」をオープンして一週間、経過は順調だ。

初日に色々あったが、あれが結果的に良かった。慈善活動もする優しい人間だと評判だ。

そら豆で作ったパスタはエルフに大人気。魚や肉の刺身はウルフマンやリザードマンに大人気。

激辛カレーはドワーフに大人気。

ハンバーグはうちの看板メニュー。新メニューの桃とチョコレートソースのパフェは子供や女性に大人気。

ビールとキャベツのごま和えになすのお新香《しんこ》のセットは男性に大人気。薬草のサラダは病気の人も食べられると売れ行きが良い。唐揚げも人気だ。

色々な種族が食べられるようにと配慮したのも良かった。

それが余計に評判の良さに拍車をかけた。

定休日は日曜日（俺たちの世界と同じく休息日がある）だが、毎日食べたいという要望が多いため、どうしようかな、とお悩み中。

順風満帆だ。このままお店の軒先に座って、老後までゆっくりしようかな？

今日は待ちに待った日曜日。でも家でゴロゴロしているのも詰まらない。

そんな訳で、今日は早朝から散歩兼珍しい野草を探しに森を歩く。

「いっぱい取れた！」

ティアと一緒に両腕いっぱいの野草を抱えて家に向かう。

「帰ったら料理の付け合わせに合うか試してみようか？」

「楽しみ！」

クンクンと鼻を近づける。

「美味しそう……」

グゲッとお腹が鳴る。そして涎もじゅるり。

「天ぷらなんて面白いかもな」

色々アイディアが浮かぶ。

「ふふ！　麗夜のご飯美味しいから好き」

隣を見るとティアの可愛らしい笑顔がある。

幸せだ。

「たすけてくれ……」

突然、蚊の鳴くような声が聞こえ足を止める。

「麗夜？　どうしたの？」

「誰か死にかけてる」

声がした方向へ足を進める。

「はらがへった……いたい……」

少しずつ声が大きくなる。足を速める。

「オオカミの母親か」

森の少し開けた場所で、銀色のオオカミの母親が倒れていた。お腹が膨れていて、妊娠していることが分かる。

「大丈夫か？」

出会った以上、見捨てる訳にもいかない。

「に、にんげん？　なぜわたしのことばがわかる……」

母親はグルグル唸って威嚇する。

「俺はモンスターと話せるスキルを持っている。まさか獣の言葉も分かるとは思わなかった」

体を調べてみると、背中から血がどくどく出ていた。剣で切り付けられた跡だ。

「さ、さわるな……にんげんめ……かみころすぞ……」

「それは怖いな」

息は荒く、体温も低い。このままではお腹の子と一緒に死んでしまう。

「治してやる」

傷に触り、目を閉じる。

「回復魔法《キュア》」

薄らと光が傷を包み込む。念のためにとティアに教わっておいて良かった。

「……何だと！」

傷は綺麗に治った。とたん、オオカミの母親は飛びのく。

「……何のつもりだ？」

グルグルと歯茎をむき出しにする。野生の獣は人に懐かない。だから、仕方ない。

「見てられなかっただけだ。お腹の子、大切にな」

気が済んだので踵《きびす》を返す。

先ほどより声がしっかりしている。元気になった証だ。これ以上のおせっかいは不要だろう。

「もふもふ……」

キラキラした目で、オオカミの母親を見つめるティア。

「麗夜！　あれ欲しい！」

ビシッとオオカミの母親を指さす。

「え～」

対して俺は反応に困った。まさかペットを欲しがるとは。

人間らしくて嬉しいけど、困ったなぁ。

「ティア？　生き物を飼うのは大変なんだよ？　ましてやオオカミだ。エルフとか襲うかもしれない。止めたほうが良いよ？」

「やだやだ！　ギンちゃん飼うの！」

駄々っ子のようにジタバタと足を踏みならす。名前まで付けちゃって。

「飼う！　絶対に飼う！」

薬草を放り出す！　そして目にも留まらぬ速さでオオカミの母親を抱っこする。

「な、なんだと！」

オオカミの母親は突然の出来事に度肝を抜かれる。

「ティア？　ご飯とか、トイレとか、お散歩とか、大変なんだよ？」

「やる！　ティア全部やる！　お世話する！」

泣きそうな顔。一目惚れか。

「仕方ないなぁ」

ため息を吐くと、ティアが放り出した薬草を拾う。

「ご飯をあげるから、大人しくしてくれ」

そして未だに目を丸くしているギンちゃんの頭を撫でた。

「は、放せ！　人間め！　私は誇り高き銀狼だ！　人間や亜人に媚びる犬ころではない！」

ティアの腕から逃げようとする。しかし、ティアの力は強く、逃げられない。

「ギンちゃんもふもふ～！」

ティアは初めての家族にデレデレだ。

「これも何かの縁だ。お腹の子が生まれるまで、ティアに付き合ってくれ」

苦笑いしながら帰路につく。

「放せこら人間！　それにこの人間！　変なニオイがするぞ！　本当に人間か！」

ギンちゃんは吠えまくる。

「ご飯をあげるから、大人しくしてくれ」

耳元で言い聞かせるように呟く。すると、ぐ～～っとティアとギンちゃんのお腹が鳴った。

「……飯を食ったら逃げてやる」

ギンちゃんはぶっきらぼうに言うと、吠えるのを止めてくれた。

さてさて、森で出会った銀狼のギンちゃんは、毛並みはふさふさと心地よく、体も大型犬並みに大きい。

「もふもふ〜」

そんなギンちゃんだが、意外と面倒見がいい。今もティアのなでなで攻撃を黙って受け入れている。

「ギンちゃんのお腹には子供が居るから、乱暴にしちゃダメだよ？」

子供っぽくなってしまったティアに何度も小言を言う。ティアは力が強いため、どうしても心配になってしまう。

「分かってる」

ティアは満面の笑みでギンちゃんを優しく撫でる。ギンちゃんが来て二日経ったが、これなら大丈夫だろう。

「そろそろ飯を寄こせ」

ぶっきらぼうに睨みつける。時計を見ると午前六時、お腹が空く頃だ。

「はいはい」

用意しておいた牛肉の切り身を与える。胸やけ防止の薬草も忘れない。

「良いか？　私は我が子を安全に産むためにここに居る。お前たちに懐いた訳ではないぞ」

バクバク食べながら決まり文句を言う。

「はいはい」

頑固なお婆ちゃんみたいな言い草に笑ってしまう。

「そろそろ開店の準備をしないと」

のんびりしたいが、店を放り出す訳にもいかない。結構ギリギリな時間だ。

「ティア、開店の準備をするよ？」

「ギンちゃんを守る！」

ティアは梃子《てこ》でも動かぬと、優しくギンちゃんを抱きしめる。

「お店のこと放り出しちゃうの？」

ティアはギンちゃんが来てからは、彼女に夢中だ。お店のことも頭に無い。

「ギンちゃんの傍に居る！」

本当に我がままになっちゃって。可愛いったらありゃしない！

「分かった。俺一人で切り盛りするから、お留守番するんだぞ？」

ティアが一生懸命世話をする姿を見ると、怒るに怒れない。

「うん！」

ティアは嬉しさいっぱいに笑う。この笑みには勝てない。

「それで今日もティアちゃんは休みなの？　麗夜も甘いわね」

お昼時、常連客のギルド長と冒険者たちは苦笑いする。

「俺も甘いとは思うんですけどねー。叱りつけるのって苦手で」

それにギンちゃんの世話は、言いつけ通りしっかりやっている。なら怒れない。

そんな風に談笑していると、エルフの孤児が、カレーとサラダを載せたお盆を持ってくる。

「お、おまたせしました！」

それをギルド長の前に丁寧に置く。

「ありがと。これは気持ちよ」

ギルド長は胸元から財布を取り出して（なんでそんなところに仕舞う？）、硬貨を一枚渡す。

「ありがとう！」

エルフの子は大切に両手で包んで厨房へ戻った。

「まさか教会のシスターや孤児を手伝いとして雇うなんてな」

ドワーフは感心したようにこっちを見る。

「人手が欲しかったからな」

「優しいわね」

肩を竦《すく》めるとギルド長が笑う。

「優しい？　どこが？」

「あの子たちを食べさせるための方便でしょ？　感心するわ」

恥ずかしいので何も言わない。

「そろそろお酒の準備をします。注文があったら聞きますよ」

時間は午後五時になろうとしていた。

昼はアルコールを出さないが、夜は居酒屋のように提供している。

ただし酔っ払いは出したくないため、一組一時間までと時間を決めている。本格的に飲みたいなら酒場に行ってくれ。

「ワインを三つに蒸留酒を一つお願いするわ」

「分かった。すぐに持ってくる」

そう言ってその場を離れる。

「なんで牛人のガキがここに居る！」

厨房に向かう途中、静かな店内にいきなり怒鳴り声が響く。

目を向けると、三人組のエルフの冒険者がお手伝いの牛人の子を睨みつけていた。牛人の子は怖いのだろう、涙を流している。

「どうした？　何か粗相をしたか？」

俺はすかさず三人の冒険者の前に立ち、牛人の子を庇う。

「なんで飯屋にそんな汚いガキが居る？」

「汚い？　ちゃんと手洗いしてるし、風呂にも入ってるし、服も洗濯済みだ」

「牛人は平然と泥水で体を洗うような奴らだ！　どうやっても汚え！」

どうやら差別主義者のようだ。

「口を慎めくそ野郎。この子はちゃんと石鹸で体を洗ってる。他の店は知らないがここは違う」

「口の利き方がなってねえな？　客にそんなこと言うとは、やはり人間は屑だな！」

この手の連中は話すだけでムカついてくる。

「金は払わなくていい。お前ら全員この店から消えろ。二度と俺の前に面を見せるな」

こいつらは客ではない。ただの屑だ。

屑から受け取る金など唾棄《だき》すべきものだ。

「金は払わなくていい？　当たり前だ。それにプラスして金を寄こせ。迷惑料だ」

それが狙いだったか。ゴロツキめ。やくざのようだ。

怒りが湧いてきて何も言えなくなる。

「それとも体で払うか？　人間にしちゃすげえ美人だし、それで手を打ってやってもいいぜ」

「どうせ人間の王様か王子様にケツ振ってたんだろ？　なら俺たちにもご奉仕してくれ」

汚らしい腕が三本伸びてくる。拳を固める。

「騒がしいわね！　何かあったの？」

ギルド長が大げさに大きな声を出してやってきた。

「ギルド長！　なんでここに？」

三本の腕が宙で止まる。

「何があったの？　教えてくれない？」

ギルド長は鋭い目で三人を睨んだ。すると三人は軽薄な笑みを浮かべる。

「やっぱり人間の店なんてダメですね！　常識が無い！　だから丁寧に説教した訳ですよ」

「へぇぇえ！　私の友人に説教！　どんな説教をしたのか教えて欲しいわ」

「友人！」

三人が言葉に詰まる。

「ギルド長？　こいつは人間ですよ？　俺らの敵ですよ？」

「麗夜は違うわ。すっごく美味しい料理作ってくれるし、孤児も助けてる。あなたたちより素敵な人よ」

ならず者三人は口をパクパクさせた。

「こんなうまい飯に文句があるなんて贅沢な奴だな！」

「よく見たら牛人もドワーフも魚人も可愛いのにね！」

「お主、まさか俺らのこと醜いと思ってたのか？」

今度は先ほどの冒険者たちがぞろぞろと集まる。

「ぱ、パーフェクトチーム！　あんたらも人間の肩を持つのか！」

「だって私たち、麗夜が大好きだもん！」

ギュッとエルフの魔術師に腕を抱かれて、俺の怒りが照れに早変わりする。

そして冷静になる。こんな奴らの血で店を汚してはダメだ。

「どんな理由でも、あなたたちの態度は問題があるわ。結束と信頼が大事な冒険者にあるまじき言動よ。今日で除名よ。二度と冒険者を名乗らないで」

「何だと！」

「調子に乗りやがって」

暴漢と化した三人は、剣の柄に手をかけた。

「もしも抜いたら殺すぜ」

パーフェクトチームの面々は、三人が剣を抜く前に、喉元に刀の切っ先を突きつけた。速い。

「わ、分かった。すまねえ」

三人は尻尾を巻いて逃げて行った。

「もう大丈夫よ。泣かないで」

ギルド長はよしよしとむせび泣く牛人の子を抱きしめる。

「こんなうまい飯に文句をつけるなんてな！」

「ふざけた奴らね！」

パーフェクトチームは、逃げた三人が注文した料理をバクバクと食べる。どさくさに紛れてなんで食ってんだ？　捨てる奴だから良いけど。

「皆さん！　お騒がせしました！　もう大丈夫です！　つきましては、お騒がせしたお詫びとして、注文していただいた料理は無料とさせていただきます！」

とにかく場を締めるために宣言する。評判が悪くなるのは避けたい。

「太っ腹だな！　カッコいいぞ！」

「パーフェクトチームも素敵よ！　さすが亜人の国最強の冒険者！」

パチパチパチパチ。拍手喝采が店内に響く。

「ありがとう」

助けてくれた皆に礼を言う。

「どういたしまして」

皆は優しく微笑んだ。この国がますます好きになった。

バタバタ！　バン！

「麗夜！　大変！」

突然ティアが店の扉をぶち壊す勢いで現れた！

「どうした？」

何となく想像が付く。

「ギンちゃん！　赤ちゃん産んでる！　苦しそう！　それに赤ちゃん動いてない！」

ティアの顔色は真っ青だ。

「マジかよ！」

死産か早産。そこまで考えていなかった。とにかく今日は閉店だ。

「すみません！　今日はもう閉店します！」

信用問題だが構うものか！　それよりもギンちゃんが大切だ！

「私たちで閉店の準備してあげるから急いで！」

「シスターには私たちが伝えておくから！」

ギルド長と冒険者たちがそう言ってくれた。

「すみません！」

ティアと一緒に大慌てで家に戻る。家は店の裏手にある大きな一軒家だ。おまけに庭付き。

「こっちこっち！」

ティアが寝室の扉を開ける。

「痛い！　痛い！」

ベッドの中央でギンちゃんが唸っていた。傍には小さな赤子がぐったりしている。

「未熟児か……」

赤子はすでに冷たく、息は無かった。

赤子は片手に収まってしまうほど小さい。自発呼吸できないほど早く生まれてしまったようだ。

「どうしよう……蘇生魔法覚えてない……」

ティアはボロボロと泣き出す。残念だが、たとえ覚えていても、それだけじゃこの子は助けられない。

生き返っても息ができなくて、再び死ぬ。それは拷問に他ならない。

「ギンちゃんの手を握って、回復魔法をかけてあげろ」

こうなったらギンちゃんだけでも助けなくてはいけない。

「わ、分かった」

ティアはガチガチと歯を鳴らしながらギンちゃんの手を握る。

「うぅ……」

ギンちゃんの呼吸が少しだけ穏やかになる。これでギンちゃんは大丈夫だ。

「見守るしか、できないな」

タオルを用意して、死んでしまった赤子を包む。一縷《いちる》の望みをかけて、体を拭いて刺激したが、無駄だった。

「れいやぁ……」

ティアは赤子を見て大粒の涙を流す。

「今はギンちゃんの心配だけしろ！」

強く睨みつける。集中しないとギンちゃんの命まで危ない。

「わ、わかったぁ……」

鼻水を啜って目を閉じる。神に祈っているようだ。

「ぎんちゃん……がんばって……」

ティアはひたすら、無事を祈る。そこまでギンちゃんが好きだったのかと、感心してしまった。

「ぐあ！」

突如ギンちゃんが呻くと、もう一匹赤子が飛び出した。

「は、放せ！」

ギンちゃんはティアの手を振りほどくと急いで膜やへその緒を噛み切る。

そして赤子の体を舐める。

しかし、動かない。体が小さすぎた。

「ダメか……」

未熟児が続けて産まれた。

「ふぅ……ふぅ……」

ギンちゃんは赤子が動かないと分かると、再度寝転び、次の出産に備える。

嘆くよりも、次の子の心配をする。悲しくも強い母親だ。

「ぎんちゃん……」

ティアは再度、ギンちゃんの手を握る。

「は、は、は」

ギンちゃんはティアの涙を、じっと見ていた。

「ぐぅ！」

数時間後、再度赤子が産まれる。

ギンちゃんは懸命に赤子の体を舐めたが、ピクリともしなかった。

残念ながら、こちらも死産であった。

「はぁー……はぁー……まだこの子がいる」

ギンちゃんは死んでしまった赤子を見ず、お腹を一度舐める。

最後の一匹が中に居る。

「ぎんちゃん……がんばって……」

ティアは休まずギンちゃんに回復魔法をかける。片時も目を離さない。

俺は何も言わず、死んだ赤子をタオルで包み、二人から離れたところに置く。

「自分が嫌になるな」

こんな状況なのに頭は冷静だ。

悲しみはある。しかし涙は流れない。

「ぎんちゃん……」

ティアのほうが、ずっと、人間らしい。

「いったいいつから泣かなくなった？」

虐待を受けた日から、いじめを受けた日から、何度も泣かないと決心した。

あの日から、泣き方を忘れた。

「ティアが人間になっていく。涙を流せる優しい女の子になっていく。なら涙を流せない俺は、ティアの傍に居ていいのか？」

ティアにはもっと相応しい相手が居るのでは？　そんなことを思うと、背筋が凍った。

「ぐあ！」

ぼんやりしているとギンちゃんが最後の赤子を出産する。かなり大きいぞ！

「ぐ！」

ギンちゃんは急いでへその緒と膜を噛みちぎる。

「起きろ！　起きろ！」

そして必死に体を舐める。

「ぴぃいいいいいいい！」

赤子が元気な声で鳴いた！

「あああ！」

ティアは満面の笑みを咲かせる。

「頑張ったな」

ティアとギンちゃんの頭を撫でる。ギンちゃんが無事で良かった。赤子が無事に生まれて良かった。

これは、本心から思ったことだ。


深夜、ティアが死んでしまった三匹の赤子を庭に埋葬する。

店と一緒に良い物件をもらって良かった。

「ごめんね……ごめんね……」

ティアは赤子を埋葬すると、教えてもいないのに手を合わせる。

背中を撫でて、泣き止むのを待つしかない。

「ティアは何をやっている？」

ギンちゃんは俺の隣でティアを不思議そうな目で見つめる。ティアがお願いして、無理を言って、埋葬に付き合ってもらった。

赤子は俺が抱いている。ミルクを飲んだので、スウスウと、気持ちよさそうに寝ている。

「助けられなくて、泣いているのさ」

チート持ちなのに助けられないとは、役に立たないチートだ。いっそ捨ててしまおうか？

「助けられなくて？　馬鹿な奴だ」

ギンちゃんは冷たい声でため息を吐く。

「死などよくあることだ。そんなことで泣いてどうする？」

ポツポツと、厳しい過去を語る。

「私の兄弟は一匹が産まれてすぐ死んだ。二匹目は数週間後、熊に食われた。両親はゴブリンの群れから私を守るために死んだ。夫は人間に殺された。私だけが生き延びた」

「それは、厳しいな」

何を言うべきか分からなかった。

「ごめんね……」

ティアは大粒の涙を流し続ける。

「……困った奴だ」

ギンちゃんはポツリと言って、そっと、ティアの傍に立つ。

「死はそこにある。だから悲しみはしない」

そしてティアの頬を舐める。

「だから泣くな。お前はよくやった」

ぺろぺろぺろと舐めて慰める。

「ギンちゃん！」

ティアは大声で泣く。死んでしまった赤子の分も泣くのだというように。

「人間は、涙を流せるのだな」

ギンちゃんは寂しそうに呟く。

「今はとても、羨ましい」

そしてティアを慰めるため、ひたすら、涙を舐め続けた。

「俺も羨ましく思うよ」

呟きは夜風に乗って、空へ吸い込まれる。今日は月が綺麗だ。ティアの涙のように寂しそうだ。

「これから大丈夫かな？」

ティアは初めての死に動揺している。これがダメージにならなければいいが。そう心配したが、嫌な予感は当たる。

ティアは相当ショックだったようで、次の日もその次の日も食事を取らなかった。

だが、赤ちゃんが無事、スクスク大きくなると、それに連れてティアに笑顔が戻った。

不安は杞憂《きゆう》に終わった。ティアは俺が考えるより強い子だった。

「ハクちゃん、可愛い……」

ティアはいつも通り、ギンちゃんのお腹で眠るハクちゃんに見とれる。毛並みがギンちゃんよりも白いから、ハクちゃんと名付けたようだ。女の子で、寝顔が可愛らしい。

「抱っこしたい……」

うずうずとギンちゃんの横に寝っ転がる。

「もうちょっと大きくなってからな」

ギンちゃんの傍にご飯を置く。

「こういう時に、ありがとうと言うのが人間の礼儀か？」

ギンちゃんは強い瞳で顔を上げる。

「そうだね」

「なら、ありがとう」

ぶっきらぼうに言ってガツガツと肉を食べる。

「ティアもご飯食べよ」

「うん！」

パッと離れて椅子に座る。そして手を合わせる。

「いただきます」

「いただきます！」

ガツガツと元気よく食べる。しっかり食べる姿を見ると、元気になって良かったと安心する。

「しかし、ギンちゃんはここ二週間で一回り大きくなったよね？」

ギンちゃんはモリモリと数十キログラムの肉を噛みちぎる。以前はドーベルマンくらいだったが、今はゴールデンレトリーバーくらいに大きくなってる。

「腹いっぱい食べているからな」

ギンちゃんは気にせずガツガツと肉を食べる。数十キログラムの肉が一瞬にして無くなる。

「大きいことは良いこと！」

ティアも気にせずご飯を食べる。

「まあ、良いか」

そういう生態なのかもしれない。異世界だし。

「ティアは今日もギンちゃんと一緒に居る？」

「今日は麗夜のお手伝いする！　お店に行く！」

「良いの？」

「大丈夫！　ギンちゃんも大切だけど、麗夜も大切！　今まで我がまま言ったから、頑張る！」

ギンちゃんとハクちゃんが大きくなったから、安心したようだ。

「じゃ、これを食べたら一緒にお店に行こうか」

「うん！」

一気にご飯を口に詰め込む。ティアはギンちゃんの出産に立ち会い、確実に意識が変わった。とても、優しくなった。

「じゃ、行こうか」

「うん！」

ティアと手を繋いでお店に行く。ティアの成長は喜ばしくも、寂しく感じられた。

しかしティアの成長は止まらない。

それからさらに二週間。ハクちゃんの子守をするようになった。

「いひひひ！　こっちだよ！」

休みの日、ティアはハクちゃんと一緒に広場を駆け回る。

「おねえちゃん！　おねえちゃん！」

ハクちゃんは、熱心に世話をするティアを姉と思っているようだ。ティアの胸で甘えようと追いかける。

「全く……人間を姉と思うとはのぅ……」

ギンちゃんは俺の隣でため息を吐く。

「ギンちゃんがハクちゃんと逃げたら、ティアは悲しむね」

ひなたでのんびりしながら、ちょっと意地悪を言う。

「ふん……お主たちには世話になった。世話になったからには恩を返す。それまでは一緒に居てやろう」

やっぱりぶっきらぼうだ。でも瞳は以前よりもずっと穏やかだ。

「あら、麗夜とギンちゃんじゃないの！」

ぼんやりしていると、散歩中のギルド長と出会う。ギルド長は俺の挨拶を待たずにギンちゃんの頭を撫でる。

「すごいわね！　銀狼はウルフマンでも飼育できない品種で、絶対に人に懐かないって言われてるのに」

なでなでなでなで。ギンちゃんは大きな欠伸をして、気持ちよさそうに座り込む。

「懐いている訳ではない。恩を返す。それだけだ」

そして、ギルド長に抗議するように、ボソリと呟いた。

ん？

「ギンちゃん？　ギルド長が何を言ったのか分かるの？」

しゃがみ込んでこっそりと耳打ちする。

「麗夜がティアと喋っているのを聞いていれば、何を言っているのか分かる」

それって、言語を学習したってこと？

イヌ科の動物は頭がいいって言うけど、本当だね。俺なんていくら英語を学んでも全然喋れないし、意味も分からないのに。

「それにしても、銀狼ってこんなに大きくなるのね。餌代大変じゃない？」

ニコニコ顔のギルド長に言われて、改めてじっくりとギンちゃんを見つめる。

確かに大きい。ライオン並みに大きい。ん？　改めて考えるとおかしいぞ？

ハクちゃんも見てみる。ひと月で随分と大きくなった。ドーベルマンよりも大きくなった。ん？

なんか不穏な気が？　成長速度が驚くほど速い気がする？

「気のせいだな」

大きくなるってことは元気な証拠。喜ばしいこと！　何も不都合はない！

それからさらに二か月が過ぎる。その頃には、ギンちゃんは広い寝室を埋め尽くすくらい大きくなっていた。10トントラックくらいかな？　ハクちゃんもライオンくらい大きい。

「いやいや、大きくなりすぎでしょ」

銀狼ってこんなに大きくなるの？

「うふー！　二人とももふもふで気持ちいい！」

ティアは平然とギンちゃんのお腹の上に寝そべって、ハクちゃんを抱っこしている。慌てる俺が変なのか？

「ギンちゃん！　ハクちゃん！　そろそろお散歩行こ！」

「分かった」

「お散歩！」

ティアはそう言うと体をスライム状にして、二人をつるんと体の中に収納する。手品みたいだ。

「今日はお休みだからティアはギンちゃんたちとお散歩行くけど、麗夜はどうする？」

「あ、ああ」

まあいい。異世界だからそんなこともあるだろう。

「俺は考え事してるから、三人で遊んできてくれ」

「考え事？　ティアも一緒に考えたほうが良い？　ティア頑張るよ？」

小首を傾げるティアの頭を撫でる。

「嬉しい悩み事さ。じっくり一人で考えたい」

「そっか！　もしも何かあったらティアに言ってね！」

そう言うとティアは元気よく外へ飛び出した。

「ささて。驚きは置いておいて、これからどうしましょ？」

帳簿などを置いた書斎に移動し、椅子に座るとため息を吐く。店は順調、連日長蛇の列ができる。

「繁盛しすぎってのも困ったもんだ」

大通りを埋め尽くすくらいの人数が……おまけに孤児もたくさん……どっかで噂を聞きつけたか？

新商品の、冷たいアイスクリームとチョコレートのパフェは当たった。

ハーブと鶏肉の蒸し焼きは、ご飯にも酒のつまみにも合うと大評判だ。

お弁当システムも当たった。軽くて、気軽に捨てられる紙製の弁当箱にしたおかげで、重い荷物を嫌う冒険者から歓迎された。

冒険者の食料は不味いという発想から始めてみたが、予想以上にヒットした。

お手頃な調味料セットも人気だ。基本の砂糖、塩、酢、醤油、味噌に、コショウとマヨネーズを付けた物だ。一回の使い切りセットだから、その分安くできる。また、一度にどれくらいの調味料を使えばいいのか、迷わなくて済むと好評だ。

しかし、光があれば闇がある。大人気故、客をさばき切れなくなってきた。

おかげで、「店がいつも混んでいてゆっくりできない！」「二時間も並ぶのは苦痛！」「立ち食いで良いから食べさせろ」など、混雑に対するクレームが増えた。

「二号店オープンか？　無理だな」

チートで成り上がった代償だ。店を増やしても俺とティアは増えない。

「でもできるだけたくさんの人に食べてもらいたいし」

改善策を考えないとダメだ。諦めてはダメだ。必要とされているなら期待に応えたい。

「二号店は、屋台にするのはどうだ？　屋台の運営は孤児や冒険者に任せてみる。俺は質が落ちないように指導したり、経営に口出しする」

チラッと大通りを確認する。人通りは多いが出店は少ない。

ここに、二号店、三号店として、屋台を並べるのはどうだろう？

しかしそれだと通行の邪魔になるか？　近隣の店から苦情が来るかもしれない。

「王子に助けを求めるか」

考えても埒《らち》が明かない。そう思ったので、王子に相談することにした。

「こうして万全の状態で会うのは久しぶりだな」

王子は客間に登場すると、礼儀正しく握手を求める。

「久しぶり。元気そうで何よりだ」

「君とは二度と腕相撲はしないよ？　残念に思わないでくれ」

お互いに笑いながら握手を交わして椅子に座る。

「それで、相談というのは？」

頼りになる口調で目を細める。

これなら大丈夫。そう思って事情を話した。

「実は私もその件で君に相談したいことがあった」

王子は深々とため息を吐く。

「相談？」

「君はとても評判が高くてね。ぜひ王女を嫁がせたいと各種族の王が言っている」

ちょっと待て！　なんでそうなる！

「待て！　俺は王女様なんて嫁にしたくない！」

「分かっている！　嫁なんぞ取らなくていい！」

ガシッと両手を掴まれる！　話が迷子なんですけど！

「君はエルフ国の人間だ！　私の友人だ！　ならば無理させることはできない！」

なんでキラキラした瞳に嫌な予感がするんだ？

「それで相談なんだが、これは友人としての頼みだが、来年、亜人の国の王を決める選挙がある。私も父の代わりに初めて出馬する。その時ぜひ応援して欲しい！　後援会に友人として名を連ねて欲しい！」

ちょっと待てや！　俺の相談と何の関係も無い話だろ！

「あのな！　俺は大通りに屋台を出して良いかとか、孤児に手伝ってもらっていいかとか相談しに来たんだぞ！」

「君に100万貴族《グランドロード》の地位を授けよう！　これで君は亜人の国でも最高ランクの貴族だ。好きにやりたまえ。誰も文句は言わん」

は？

「100万貴族《グランドロード》は我が国で三人しかいない大貴族だ。国政にも口を出せる最高ランクの貴族だ。王に意見できる数少ない存在で、君が栄えある四人目だ。四天王の誕生だね！　ちなみにその中の一家は千年も続く由緒ある名家なんだが、こいつは中立と言いながらドワーフ国を贔屓《ひいき》していてね。次の選挙でドワーフ国王を全面的に支援するようだ。全く！　公正な選挙に中立であるはずの大貴族が影響力を行使するなんて！　だが友人だから仕方ない。もう一家は亜人たちの中で最強と言われる武人の家系なんだが、こいつはリザードマンでね。リザード国王を毎回支持している。公正な選挙に変なバイアスをかけるなど言語道断！　最後の一家は亜人の国の宰相の家系だ。本来なら選挙で選ばれた王が宰相を任命すべきだが、彼はそうもいかない。大貴族だからね。そして彼は長年政権を維持してきたエルフ国を支援しないと言い出した。なんたる悲劇！　確かにエルフ国は亜人の国の王になってからずっと政権の座にある。しかしそれは国民の意思が反映されているだけだ！　私より王にふさわしい者は居ない！　なぜなら私はエルフ21世！　エルフ王の長男だ！」

「あの」

「おっと！　独り言が過ぎた。とにかく君は彼らと同じ地位を得た。手続きはすでに済んでいる。今日から君はエルフ王家の友人だ。ガタガタ言う奴は居ない！」

「おいおいおいおいおい！」

「周りの目が気になるな？　良く思わない奴らが居るな？　心配いらない！　この国は選挙こそあるが絶対王政だ！　現在政権を握るエルフ王家の決定には誰も逆らえない！」

ニッコリと、頑なな笑みを浮かべる。

「誰も逆らえないんだ」

俺も逆らえないってか……。

「分かった分かった。ありがたく地位をちょうだいするよ」

地位があれば動きやすいと考えるか。考え方を変えれば、悪くない。

「だが言っておくぞ！　俺は俺の店を守りたいだけ！　面倒なことはごめんだからな！」

「もちろん結構。友人に無理をさせるような酷い男ではないからね！」

張り倒したろかこの野郎？　遠まわしに政治に関わるなと言ってやがる。

だがそれなら結構。こっちも好き勝手に気ままにやらせてもらう！

「孤児に屋台をやらせてみよう。サポートとして冒険者も雇うか？　文字が読めるし計算もできるから適任かもしれない。いや、その前に周辺の店に事情を話しておくべきだ」

帰りの夜道でブツブツと計画を練る。手続きやら儀式やらで遅くなってしまった。

「ただいま」

「お帰り麗夜！」

そして帰宅すると、綺麗なドレスを着た銀髪犬耳の可愛い女の子が出迎えてくれた。

「ただいまお嬢ちゃん。お名前は？」

お手伝いの孤児か？　ティアが可愛いと思ってお持ち帰りしちゃったのか？　お姫様が着るような高そうなドレスまであげちゃって。全く、困った恋人だ。

「私だよ！　ハクだよ！」

「ハクちゃんって言うのか！　可愛い名前だね！」

頭をなでなで！　犬耳が柔らかくて気持ちいい。スカートの隙間から見える尻尾も可愛らしい。

「麗夜？　私！　ハクだよ！」

「どっかで会ったことあるの？」

ひょいっとお姫様抱っこ。ふさふさサラサラな銀髪が可愛らしい。お日様の匂いもする。

「うーん！　私はハクなの！　麗夜気づいて！」

「ごめんね。思い出せないから、ティアに聞いてみるよ」

とりあえずダイニングを見てみる。そこにはティアと、はたきを持つエプロン姿の銀髪犬耳で綺麗なメイドさんが居た。

ハウスキーパー？　雇うなんて相談一回もされたこと無いけど？

「お帰り麗夜」

美人なメイドさんはこっちを見るとニッコリ微笑む。

「ギンちゃん。埃を払うだけだから優しくだよ。本とか食器が壊れないように」

「おっとっと！　人間は繊細じゃの」

メイドさんは慣れない手つきでティアの手つきを真似る。素人を雇ったのか？

「ティア？　どうしてメイドさんなんて雇った？　家事なら俺たちで十分だろ？」

「ギンちゃんがどうしてもやりたいって言うから」

ギンちゃん？　あのギンちゃんと同じ名前だ。

「お金ならあるけど、雇うなら相談して欲しかったぞ」

「麗夜？　ギンちゃんが分からないの？」

ティアが手を止めてこっちを見る。メイドさんのギンちゃんもこっちを見る。

「お母さん！　お姉ちゃん！　麗夜、私がハクだって言ってるのに全然気づかないの！」

なぜか抱っこしているお姫様なハクちゃんがジタバタする。

「なんじゃ麗夜？　私のことを忘れたのか？」

なぜか綺麗なメイドさんのギンちゃんが不機嫌になる。

「うーむ。そう言えばティアの時も麗夜は驚いていた」

なぜかティアは腕組みして難しい顔で唸る。

「よし！　一度ギンちゃんとハクちゃんが変身する姿を見せる！」

変身ですか？　なぜですか？　どうしてそんな話になるんですか？

「ええ？　もうオオカミの格好嫌！　可愛い人間の姿が良い！」

「これこれ！　私たちは誇り高き銀狼じゃ！　この姿は麗夜とティアに恩を返すためだけの姿じゃ！」

「だって！　オオカミだと綺麗なお洋服着れない！」

「ええい我がまま言うな！」

二人の様子を見て、背中に冷たい物が走る。まさかと思うけどまさかね？

「寝室に行こ！」

ティアが寝室に行ったので、皆で追いかける。

「二人とも服脱いで！　破けちゃうから！」

脱いじゃうんですか！　俺は男ですよ！　ティア一筋だけど男ですよ！

「服という物は窮屈で堪らんの」

ギンちゃんは迷いなく脱いで、真っ白で綺麗な素肌を露わにする。

「お洋服が良いのに」

ハクちゃんは渋々とドレスを脱いで、ギンちゃんと同じく真っ白で綺麗な素肌を露わにする。

「二人とも！　お昼に練習した要領でオオカミに戻って！」

ティアはグッと拳を握りしめて二人を応援する。俺は見ないように指の隙間から二人を見る。本当に綺麗な肌だ。それにギンちゃんは控えめながらも綺麗な胸をしていて、小柄でスレンダーだ。美形な顔立ちでモデルのように見える。

対してハクちゃんは胸も何もない幼児体型だけど、やっぱりすべすべな肌をしている。可愛らしい顔立ちも手伝って、ドラマの子役に見える。

それがメキメキと音を立てると、綺麗な肌からふさふさで長い銀色の体毛が生えてきて、尻尾は長くなって、犬耳はオオカミのように立派になって、体はドンドン大きくなって。

なんということでしょう！　一瞬で二人は見慣れたギンちゃんとハクちゃんになりました！

「ね！　ギンちゃんとハクちゃんでしょ！」

ね、じゃねえよ。脳みそがショート寸前だよ。

「いつの間に二人は人間に変身できるようになったの？」

「今日だよ」

「今日ですか。何でですか」

「ギンちゃんがね、ティアたちに恩返ししたいけど、オオカミの姿だとできないなって呟いたの。なら人間に変身しよって言ったの。そしたらできちゃった！　ハクちゃんは綺麗なお洋服着てみたいって言ったから、人間になろって言ったの。そしたら人間になっちゃった！」

「できちゃったんですか。なっちゃったんですか。そうですか。なら仕方ないね」

何この急展開？　それとも銀狼って変身スキルがあったの？

「……二人とも、もう一回人間に戻ってみて。それから服着て」

すると二人は瞬く間に綺麗な人間となる。犬耳と尻尾が可愛らしい。

「やっぱり人間の格好のほうが良いよね！」

ハクちゃんは喜んでドレスを着る。

「ティア！　この服どうやって着るんじゃ！」

対してギンちゃんは洋服に苦戦する。

「慣れないとダメだよ」

ティアは丁寧に洋服を着せる。

「ステータスを見せて」

いったん思考を停止して、引き出しにしまっていた巻物を二人に渡す。

「なんじゃいこりゃ？」

「美味しくなさそう」

二人はオオカミらしく臭いを嗅ぐ。

「ステータスオープンって言えばいいんだよ！」

ティアはずっと笑顔だ。

「奇妙じゃが、仕方がないの……ステータスオープン」

「ステータスオープン！」

二人のステータスを見る。

ギンちゃんのレベルは８５００００００。

レベル８５００万。

獲得スキルは魔王で、効果は「知性を得た魔物の証。不老不死となる」。

ハクちゃんのレベルは１２５００００００。

レベル１２５０万。

獲得スキルは魔王で、効果は「知性を得た魔物の証。不老不死となる」。

なるほどなるほど。

「ティアの体から漏れ出る魔素と美味しい食事、そして知識を得たから魔王化したってところか」

ため息を一つ。

「見なかったことにしよう」

魔王が三人になっただけです。

それだけのことです！

第七章　魔軍最高幹部、朱雀《すざく》に告白される。何でだよ？

麗夜が平和を満喫する頃、魔軍と人間軍がぶつかる最前線では、クラス委員長の大山芳樹《よしき》が率いる十人の勇者が、魔軍と戦っていた。

大山たちは前線に来てから数週間ぼんやりしていたが、本日、「勝利が見えた」と突然やる気になった。

『右翼に居る隊長が見つかった！　桐山《きりやま》！　突っ込んで右翼の隊長を殺せ！』

前線司令部最高司令官の三村和樹《かずき》がテレパシーで位置情報を渡す。

桐山正人《まさと》は命を受けると、無言で右翼に突撃する。

「グウ！」

魔軍側の歩兵はハイオークやハイゴブリンといった屈強なモンスターだ。さらに魔法付加の鎧や武器を装備した強敵である。

モンスターたちは桐山の動きを認めると、応戦しようと武器を構える。

桐山は何も言わず、腰に下げていた小型マシンガンを向ける。

このマシンガンは生成チートの鈴木が離脱前に試しに作成したものだ。弾丸無制限と魔具の性質を持つ強力な代物だ。

「パラララ」

桐山は引き金を引くと同時に、銃声と同じ音を口笛を吹くように発した。

ガキン！　カキン！　ガスン！　弾丸はモンスターたちの鎧を次々に貫通する。

「グオオオオ！」

だが屈強な肉体には致命傷とならなかった。モンスターたちは血だらけになりつつも、悪鬼《あっき》の表情で桐山に飛び掛かる。

そこに桐山の一閃が走る。隠していた日本刀を抜刀したのだ。

「ガ！」

モンスターたちは居合切りによって一刀両断された。桐山は何も言わず、一瞥もせず、さらに突撃する。そして、数キロの死地を単騎で突破した。

その先にはハイオークやハイゴブリンを統制する隊長が居た。

「なんたる強さ！　これが朱雀《すざく》の言う勇者か！」

黒衣の鎧に包まれた隊長は、車ほどの大きさと重量のある巨大な大剣を振り回す。

桐山は眉も動かさず、魔軍隊長の攻撃を避けると、返す刀で首を切り落とす。

一瞬の出来事だった。

「死んでない」

しかし桐山は油断しない。切り落としたのに、体は動いている。それどころか切断された首も力強い目をしている。

魔王化による不老不死だ。桐山が倒したのは魔王化したオークであった。

実は、魔軍は一人の魔王が魔物を従える組織では無かった。

魔軍は複数の種族の魔王が寄り集まった、いわば連合軍だった。

それは、人間も亜人も大山たちも知らないことだった。彼らは、魔王は一人しか居ないと思い込んでいたが、事実は違った。

これが人間のみの軍隊ならば死活問題だった。

魔物の群れを切り開いても、不死身の魔王が複数立ちはだかる。悪夢でしかない。

しかし強力なチートを持つ勇者には関係の無い話だった。

「パラララララ」

桐山は首にさらなる追い打ちをかける。瞬く間に魔王の首は砕け散る。しかし体は動く！　不老不死だ。頭が砕け散ったくらいで死ぬ訳がない。

「パラララララ」

だから桐山は動く体に銃弾を撃ち込み続ける。その有様は処刑人だ。

「おっとっと！　それ以上はさすがに酷いぜ」

突如桐山の前に炎の壁が現れる。

「パラララララ」

桐山は黙々と炎の壁に銃弾を撃ち込むが、弾丸は一瞬で溶けていく。

「止めときな。良い男は殺したくねえ」

炎の言葉に、桐山は引き金から指を外す。

「この戦争はこっちの負けだ。大人しく引き下がるぜ」

炎は魔王オークの体を包み込むと、空に飛び上がる。

「お前ら！　この戦争はこっちの負けだ！　撤退しろ！」

これが決定的となった。

「確かにこいつら強いわね！」

各部隊の隊長、つまり各魔王も勇者と交戦していた。そして血だらけの劣勢だった。

魔王でなければ死んでいたと言っていい。何せ腹には風穴が開いている。首や腕がもげている奴も居る。

三村は相手が魔王だとは思っていない。指揮官を狙っただけだ。

それは魔軍にとって最悪であり、人間軍にとって最高の策だった。

魔物は自分の種族の魔王にしか従わない。それが魔軍の弱点だった。

「逃がさない！」

勇者たちは魔王が背を向けると攻撃を強める。

「がは！」

結果、魔王はさらに消耗する。指揮官を失った魔物は混乱し統制力を失う。

「お前さんら。ちょっといじめすぎだぜ」

炎はそんな魔王を次々と救出する。

「逃げられた！」

炎が彼方へ飛び去ると、勇者は歯ぎしりするが、それは欲張りという物だ。

統率者を失った魔軍はバラバラになる。

『陣形が崩れた！　一気に突っ込め！　魔物を殺しまくれ！』

「うおおおおお！」

三村の号令で、勇者と兵士たちが一斉に突撃する。

結果、この日の戦果は人間軍の圧勝だった。さらにこの勝利により前線を押し返すことに成功。

魔軍は占領していた数々の拠点を放棄し、魔界へ後退した。


「乾杯！」

魔軍を押しのけた祝勝会として、大山たちは前線司令部の特別室で宴を開く。

「美味しい！」

「うまい！」

肉や魚に舌鼓《したつづみ》を打つ。甘口ワインの美味しさに酔いしれる。

「三村と桐山はさすがだな。お前たちのおかげで助かったよ」

宴が始まって少しすると、チームリーダーである大山が、部屋の隅でひっそりとチェスを楽しむ三村と、読書をする桐山に礼を言う。

桐山は顔を上げただけで何も言わず、再度本に目を落とす。

「魔軍を観察すれば、簡単なことだ」

一方、チェスのグランドマスター（世界チャンピオンクラスの実力者）である三村は饒舌《じょうぜつ》に笑う。

「聞いた話では魔物は団結しない。他種族なら殺し合う奴らだ。ところが魔軍は違う。そこを考えれば指揮官が居ると分かる。あとは指揮官がどこに居るか、何人居るかを見極めれば簡単だ」

三村は自慢げに語る。

「魔軍の兵士は人間軍よりも圧倒的に多い。しかし指揮官は少ない。その弱点を突けば、勝手に勝つさ」

三村は語り終えると、再度チェス盤に向かう。

「それにしても、こっちに来て半年くらい経ったかな？」

陸上部のエース霧島麻衣《きりしままい》が頬を桜色に染めて笑う。

「ちょっとずつ慣れて来た。ちょっとずつこの世界が好きになってきたよ」

柔道部の主将である三木大輔《みきだいすけ》は上機嫌にワインを飲み干す。

「お城に戻ったらお風呂に入りたいわ」

「そうだね～」

読者モデルの大塚愛《おおつかあい》と友人の大見里奈《おおみりな》は汗臭い体と衣服に顔をしかめる。

その他も各々の思いを吐露する。

「あの時殺されていた」

桐山は読書しながら、ぼそりと呟いた。

だが大勝した。その事実は変わらない。


一方、人間軍に敗れた魔軍は大混乱だった。

「すぐに人間たちに復讐するぞ！」

「そうだそうだ！　勇者なんぞ俺が殺してやる！」

数百を超える魔王が魔王城の広間で高らかに叫ぶ。

知性を得た魔王は人間に似ている。ただし彼らは協調性が無く、血の気が多い。腹も空かせている。

「ま、待て！　皆落ち着くんだ！」

魔軍最高司令官の魔王ケイブルは皆を宥める。

魔王ケイブルは小リスが偶然知識を持ったものだ。長年かけてレベルは２５０と強くなった。

その姿は人とリスのキメラのような姿だ。５メートルと巨体なので、可愛らしさよりも恐ろしさが勝る。

しかし元が小リスなだけあって、大変臆病だ。だからこんな状況になれば取り乱す。魔王と呼ぶには情けない。

慎重さと十万年生きた実績だけで最高司令官に選ばれた。選ばれてしまったと言えばいいのか？

「ケイちゃん。戦おう。次は勝てるから」

「油断しただけ！　次は負けない！」

蛇の魔王メデューサと、ゾンビの魔王マリアは目を血走らせる。彼女たちは石化の魔眼や腐蝕の魔眼と、強烈なスキルを持っている。

魔王メデューサは、別名バジリスクと呼ばれる最強の蛇モンスターが偶然知識を持ったものだ。上半身が人間の女の巨大なアナコンダである。

魔王マリアは、ゾンビが奇跡的に知識を持ったものだ。体中腐食していて、見た目は女性ゾンビと変わらない。

「しばらくは軍の再編に力を入れるしかない。だから侵攻はできない」

吸血鬼の魔王、カーミラがため息を吐く。彼女は魔軍の最高司令官参謀である。

吸血鬼を増やす能力を持っており、敵兵を吸血鬼にし、戦力を増強することができる。

魔王カーミラは吸血鬼が理性を持つに至った。吸血衝動をコントロールできるため、無暗《むやみ》に暴れない。見た目は綺麗な赤髪の女性である。

「くそ！　勇者め！　今度こそ殺してやる！」

オークの魔王、ガイが歯ぎしりする。

彼は戦いの神と言われる魔王で、様々な剣技や武術を使いこなす。肉弾戦なら最強だ。もっとも、桐山にハチの巣にされてしまったが。

彼はオークが偶然、知識を得た。通常のオークはせいぜい2メートルだが、彼は5メートルと巨大だった。

「殺せ！　殺せ！　殺せ！」

魔王の大多数は無謀な侵攻を叫ぶ。それに魔王ケイブルとカーミラは苦い顔をする。

「亜人たちに魔軍と同盟を結ぶように命令する！　結ばなければ殺すと命令する！」

魔王ケイブルは魔王たちを睨みつける。

「それしかないわね」

魔王カーミラはため息を吐くと、部屋の隅でキセルを楽しむ、不死鳥の魔王、朱雀を睨む。

「俺にやれって？　勘弁してくれよ」

魔王朱雀はやる気のない笑みを浮かべる。

魔王朱雀は不死鳥が偶然知識を得たものだ。赤い肌をした男性で、筋肉質である。目は三白眼《さんぱくがん》で迫力がある。この中では魔王カーミラと同じくらい、人間に近い姿をしている。

彼は桐山たちの魔の手から魔王を救った男だ。実のところ、魔軍でも最強の魔王である。

「俺がやれって言ってんだ！」

魔王ケイブルは床を踏みならす。床にビキビキとヒビが入る。

「戦わねえ奴は用がねえ！」

それに呼応するかのように、数多《あまた》の魔王たちがブーイングする。

「はいはい、分かりました。やればいいんでしょ」

朱雀は肩を竦めて広間を出る。それが会議の終わりだった。

「朱雀！」

会議が終わると真っ先にカーミラとケイブルが朱雀を追いかける。

「さっきは済まないことをした」

「気にするな。ああしないとあいつらは静まらねえ」

ケイブルが頭を下げると、朱雀は苦笑いで肩を竦める。

「やはりお前が最高司令官になるべきだった。俺ではとても皆を纏められない」

「私たちでは傷口を広げるだけ。どうか魔軍の長になって」

ケイブルとカーミラは朱雀に深々と頭を下げる。

「俺は長なんてガラじゃねえ。真の長は俺じゃねえ」

朱雀は悲しげな顔で苦笑いする。

「まだ、あのことを引きずっているのか？」

「人間を全く食べないのも、十万年前に私たちを助けた真の勇者が死んでしまったから？」

ケイブルとカーミラは悲し気に朱雀を見る。

「そろそろ亜人の国に行く時間だ。殺すつもりは無いから時間がかかる。それまであのバカたちを押さえてろ」

魔王朱雀は体を火の鳥に変化させると、もの凄いスピードで飛び立つ。

「俺が魔王。誰が魔王。全然連携が取れてねえ。勝てる訳ねえだろ」

朱雀は部下となる鳥モンスターたちを連れて亜人領に向かう。

魔王朱雀は不機嫌だ。彼は魔王の定義が嫌いだった。

知識を得ただけで魔王になれる？　それでは魔王が乱立し、混乱してしまう。魔軍はまさにそれだった。

「最強の存在が魔王だ」

燃えるように赤い瞳が太陽の光を映して煌《きら》めく。

「誰かバラバラの魔軍を統一してくれないかな？　できれば良い男が！」

■

今日も元気に「家族亭」は絶好調。並ぶ列はさらに長くなり、大通りを埋め尽くす。

その要因の一つはハクちゃんの存在だ。彼女がウェイトレスになってから、さらに人気になった。

「お客様！　今日もご来店ありがとうございます！」

ハクちゃんは客が店に入ると、元気に、深々と頭を下げて感謝する。

「ハクちゃんはいつも可愛いな！」

客はハクちゃんにメロメロ。頭をなでなで。

「えへへ！　お客様三名ご案内します！」

ハクちゃんはニコニコ笑顔を振りまいて、適当な席に客を案内する。

「ご注文は何ですか！」

「ランチセット三つお願いね」

客はハクちゃんのふさふさな髪をなでなで。大人気。

「はい！　ランチセット三つですね！」

ハクちゃんはメモを書くと、手伝いのエルフの孤児に手渡す。

「お姉ちゃんのところに持ってってって！」

「うん！　持ってく！」

エルフの子はニコニコと元気に厨房へ走る。

それを見送り会計役のギンちゃんに目を向ける。

「15ゴールドじゃ」

すまし顔で淡々と計算している。しかし、子供の顔を見ると、途端に、ニヘッと笑う。

「可愛いの」

そしてプレゼントのミニチョコを渡す。来店した客へのサービスだ。

「いつもありがとう！　また来るぜ！」

ドワーフの両親は子供と一緒に満面の笑みになる。ギンちゃんの笑顔も、この店が繁盛する秘訣だ。

「今日も大混乱ね」

常連客のギルド長が微笑む。

「嬉しいけど、どうにかしないといけない」

注文したチーズサラダと彩り豆パスタをテーブルに置く。

「大貴族になったんでしょ？　これ以上並ぶなって命令すればいいのに」

「そんなことできませんよ」

「そうね。そんなことされちゃ美味しいご飯が食べられないもの」

ギルド長はクルクルとフォークでパスタを巻く。

「今日も美味しい！」

そして食べると、ニッコリと笑顔になった。このために商売をしていると言っても過言ではない。

「麗夜！　王子様が来ちゃった！」

そんな風に安心していると、ハクちゃんが走ってきた。

「王子様？」

慌ただしいので入り口に走る。

「やあ。お忍びで食べに来たよ」

王子がいた！　そして周りは騒めいている！

「エルフの王子様だ！」

「やっぱり麗夜様は凄いわね！」

ため息が出る。

お忍びならもっと服装に気を遣え。そんな豪華な服に紋章を付けて居たら目立つぞ。

「こちらへどうぞ」

仕方ないので俺が直々に案内する。たまたま二人掛けの席が空いていたのでそこに座らせる。

「混雑してるので相席になるかもしれませんがご承知おきください」

「結構。それで注文だが、ランチセットを二つ頼む」

「二つですか？」

「君も同席したまえ。お昼はまだだろ？」

まさかこう来るとは。随分と気に入られたもんだ。

「分かりました。お言葉に甘えます」

偶然近くに居たエルフの子に注文票を渡して向かいに座る。

「調子はどうかね？」

「おかげさまで騒がしくてしょうがない」

周囲の客は俺たちをガン見している。

「わー！　王子様だ！」

ハクちゃんなど仕事も忘れて、一目惚れしたようにテーブルの近くで見とれている。

ニコ。王子が綺麗な顔で綺麗な笑顔をハクちゃんに見せる。

「わー！　は、はじめまして！　ハクです！」

ハクちゃんは実に楽しそうだ。

「ラルクです。初めまして、綺麗なお嬢さん」

王子は人の好い笑顔で握手する。

「わー！　私、王子様と握手しちゃった！」

ハクちゃんはガチガチに緊張した様子だった。

「ハクちゃんも一緒に食べるか？」

ここにいたいようなので聞いてみる。

「う！　一緒に食べたいけど！　私！　お仕事あるから！」

ハクちゃんは真っ赤な顔で、逃げるように去って行った。

「可愛らしい子だ」

「でしょ」

二人でにっこり笑い合った。

どたどたどた！　そんなまったりした空気を壊すような足音が店に響く。

「大変です！　魔軍の軍勢が空から！」

騎士団長はラルク王子を見つけると、真っ青な顔で叫んだ。

「何だと！」

ラルク王子は目を吊り上げて立ち上がる。

「魔軍だって！」

「ついに攻めてきたか！」

客たちも思いっきり騒めく。

「悪いが失礼する！　君たちはもしもの時のために逃げろ！」

ラルク王子は返事も聞かずに店を飛び出した。

「ふむ。魔軍」

いつの間にかティアが隣でしかめっ面をしていた。せっかく店が繁盛して楽しい時なのに、ぶち壊されては文句も言いたくなる。

「魔軍にはお帰り頂こう」

スッと立ち上がり、拳を鳴らす。

「済まないが緊急事態だ。本日の営業はこれまで。皆帰ってくれ！」

急いで客を帰らせる。飯食ってる場合じゃない。

「この国は俺たちを受け入れてくれた。ならば守る義務がある」

「ふふ！　そうだね」

ティアもゴキゴキと拳を鳴らす。

「私も戦う！」

ハクちゃんも拳を鳴らす。するとギンちゃんがハクちゃんに拳骨を食らわせる。

「子供は戦わんでええ！」

「きゅう……」

ハクちゃんはギンちゃんの一撃でダウン。可哀そうだが、戦いに参加して欲しくない。

「気を付けるんじゃぞ」

ギンちゃんは止めたそうな顔で見つめる。俺たちを死なせたくないのだ。

「気を付けるよ」

心配はありがたいが行くしかない。ニッコリ微笑んでティアを見る。

「行こう」

「うん！」

ティアと頷き合って、外へ出た。

■

「単刀直入に言うぜ。魔軍に協力しろ」

エルフ国の国境近くに行くと、赤い肌の筋肉質な男が、数百のワイバーンやドラゴンを従えて、ラルク王子を脅していた。

「見返りは何だ？」

ラルク王子は冷や汗を流しながらも、男を睨みつける。

「寿命が延びるぜ」

男がほくそ笑むと、ワイバーンやドラゴンが一斉に吠える。

「返答は急がねえ。ゆっくり会議でもして、皆で考えてくれ」

男の様子がおかしい。なぜか返答を急がせない。普通は即決させる場面だろうに。やる気も感じられない。

「何かあるな」

とにかくじっくり観察する。いきなり飛び出すのは得策ではない。

ワイバーンやドラゴンが見たことも無い種類だと気づく。ドラゴンは体がダイヤモンドのように光り輝いていた。

「見たことも無い魔物だ」

ワイバーンは口からチロチロと炎が見える。おそらく魔界に住む種族だ。ならば魔軍という話は本当らしい。そうなるとどうして悠長なのか、ますます分からない。

「美味しそう」

ティアがジュルリと唾を飲む。そうじゃないだろ。

「戦力的に俺たちなら勝てそうだ」

とにかく心が決まった。だから物陰から飛び出し、話に割って入る。

「その話ちょっと待った！」

男の前に立ちはだかる！

「惚れた！　俺の彼氏になってくれ！」

「は？」

男は俺を見るなり、突然口説きやがった！　おかげで脳みそはフリーズ！

「え？」

ティアもフリーズ。当たり前だ。

「クゥウ？」

敵側のワイバーンやドラゴンまで困惑しているぞ。

「おっといけねえ！　先走っちまった！　あまりにもいい男だからつい！」

男は男で頭を抱えている。俺も頭を抱えたい。

「くそ！　俺には心に決めた男が居るのに！　でもこんないい男だと！」

何を言ってるんだ？　帰れ。帰ってくれ。帰って存分に悩め。

「でも十万年も我慢した！　ならもういいよな？　もういいよな！」

何がいいんだよ？

「ああしかし！　本当だったらじっくりと時間をかけて分かり合うのが良い！　そうやって恋は実る！　そこから生まれる甘酸っぱいひと時！　出会った瞬間に告白なんてガツガツしてるって嫌われる！」

だからてめえは何を言ってるんだ？

「いや……でも仕方ねえよ……こんないい男に出会っちまったんだから……」

何熱っぽい目で見てんの？　張り倒すよ？

「よし！　仕切り直しだ！　まずは自己紹介しよう！　俺は朱雀！　一応魔王で、魔軍の幹部をやってる。まあほとんど戦場に出ないごく潰しだけどな！」

「はぁ……」

何を言えばいいの？　どうすりゃいいのこれ？

「身長１８０で体重80キログラム！　ウエストは60のバストは１２０でヒップは１１０のマッチョだ！」

グイグイグイグイ近づいてくるぞ！

バキン！

「は！　身の危険を感じて裏拳を叩き込んでしまった！」

首が変な方向に曲がってるぞ！　医者を呼んでくれ！

「めでたしめでたし」

ティアは腕組みしながらホッと息を吐く。

「つええな！　気に入ったぜ！」

朱雀は何事も無く立ち上がると、ゴキゴキと首を元に戻した。

それを見て、俺とティアは叫ぶ！

「「ぎぇえええええ！　生きてるぅううう！」」

「俺の自己紹介は終わった！　次はお前さんの番だ！　名前、身長、体重、スリーサイズを教えてくれ！」

怖いよこいつ……なんで殺されたのに怯《ひる》まないの？

「し、新庄麗夜……身長は１６０で体重は45キログラム……サイズは計ったこと無いから分からないけど、やせっぽっちです……」

怖すぎて馬鹿正直に答えてしまう。マジでこいつ怖いよ……。

「新庄麗夜！」

朱雀は目を見開くと、口を噤《つぐ》む。

「よっしゃー！　オッケー！」

だから何が？　なんでお前は勝手に自己解決するの？

「しかし、ちっとばっかし肉が足りねえな。どっちかって言うと俺はガチムチが好きなんだよ。でも男の子も大好きだから問題無いぜ！　女装もいけるし男の娘も守備範囲だから問題無い！　好き嫌いしないのが俺の長所だ！」

何の話？

「特にお前さんは良い。特に目が良い。自信に満ち溢れている。結構修羅場、潜ってきたんだろ。そしてそれを乗り越えた。見ただけで分かるぜ！　それに顔も良い。ちょっとばっかし女顔だが、カッコいい目と合ってる。むしろその顔だから目が輝く。体格はまだまだだな。でもまだ若い。あと十年もすりゃ滅茶苦茶いい男になる。そういう訳で……付き合おうぜ」

「お前は何を言っているんだ？」

ズズッと後ずさる。こいつ、強い！

「麗夜をいじめるな！」

ティアが俺を守るように前に出る。

「なんだいお前さんは？　まさか麗夜の彼女か？」

「そう！　だからあっち行け！」

ティアはギリギリと睨みつける。

「そっか……ノンケだったか……」

ノンケって何？　なんで残念そうにため息を吐いてんの？

「でも俺は諦めない！　俺は麗夜に惚れた。こんないい男諦めるなんてゲイに失礼だ！」

「こいつ怖い。誰か助けて！」

恐ろしい奴だ！　こんな強敵が魔軍に居るなんて！

「お前もう死ね」

ドスン！　ティアはレイピアのように指を鋭くさせて、朱雀の顔面に突き刺す。

「おお！　見えなかったぜ！　お前も強いな」

平然としてやがる……マジで怖い。

「この！」

じゅるじゅるじゅるじゅる！　ティアが朱雀を内部から捕食する。

「おお！　これは！　スライムか！」

じゅるじゅるじゅるじゅるじゅる！

ちゅるん！　朱雀は跡形もなくティアに食べられた。

「助かったよティア……」

ティアが居たおかげで窮地を脱した……。

「うう！　こいつ！　不味い！」

ティアは顔を歪めると、ペッと炎を吐き出す！

「俺は不死鳥、初代魔王ゼラすら殺せなかった。たとえこの世界が滅んでも俺は生き続ける」

炎は形を変えて朱雀となった。

「だが俺の実力じゃお前に勝てないのも事実。ここは一つ、麗夜を好きな者同士、仲直りしようぜ」

朱雀は伊達男な顔で、平然とティアに握手を求める。

食われたのに、大物だな……。

「麗夜はお前嫌い！　だからあっち行け！」

ティアは俺を守るようにしながら、ズズッと後ずさる。ティアが怯えるとは。

「嫌われちまったか……やっぱり突然の告白はいけねえよな……まずは友達、次に親友、それから恋人が王道だよな……」

頭を抱えて貧乏ゆすりを始める。その後ろでドラゴンとワイバーンがオロオロしている。エルフたちもオロオロしている。

どうする？　どうすればこの状況を打開できる？

「そうだ！」

こうなったらあれしかない！

「俺はお前よりも強い！　痛い目見たくなかったら帰れ！」

圧倒的なレベル差を見れば怖がるはず！

「俺よりも強いだと！　それは分かってるけどどれくらいだ！」

クワッと目を見開く！　何か効いてる気がするぞ！

「俺のレベルは10万を超えているぞ！」

「素敵！　抱いて！」

「ま、魔軍なんだろ！　そんな奴嫌いだ！」

俺は帰れって言ってるんだ。

「分かった！　俺は魔軍を抜ける！　エルフの皆！　これから仲よくしようぜ！」

だから帰れって。

「は、はあ……まあ、どうぞ」

エルフたちは朱雀の勢いに負けたのか、頷くことしかできない。

「よし！　立ち話も何だし！　飯でも食うか！」

のっしのっしと大股で堂々と歩く。強すぎる……。

「麗夜……今は嫌いでもいい。必ず俺に惚れさせるからよ！」

キラッと輝く歯を見せ、グッと親指を立てる。

「お願いですから帰ってください……」

目と同じ幅の涙が出る。

「ま、負けた」

ティアは地面に膝を突いて、がっくりと項垂れた。

不死鳥の魔王、朱雀が腹減ったと言うので、とりあえず近くの村の酒場に行く。

ガランガラン。ドアを開けると耳が痛いくらい呼び鈴が鳴る。

「いらっしゃいませぇええええ！」

酒場の主人は朱雀の姿を見るなり悲鳴を上げる。魔軍の幹部が来たんだから当然だ。おまけに警戒する亜人騎士たち三十人も一緒だ。

「えっと、とりあえず、何か食べ物と飲み物を」

逃げる訳にもいかないので、朱雀の対面に座り、ウェイトレスに適当に注文をする。

「は、はい……えっと、パンとワインでよろしいでしょうか……」

ウェイトレスは朱雀を見て漏らしそうな勢いだ。逃げないとは商魂たくましい。

「ちょっと待てちょっと待て、じっくりとメニューを見させてくれ」

朱雀は気にした様子も無くメニューを眺める。大物だ……。

「おお！　ビールに焼き鳥！　うまそうだな！　これ全部持ってきてくれ！」

いやに庶民的な食いものを頼むな。

「は、はい！　すぐにお持ちします！」

ウェイトレスはバタバタと逃げるように厨房へ入る。

今日は帰ったほうが良いと思うよ。

「しっかし！　ここは空気が澄んでていいな！　魔界とは大違いだ」

でっかい欠伸をして背伸びをする。

「良い男がいっぱい居るってのもいい」

朱雀は警戒する騎士たちに親指を立てる。

「ひぃ！」

騎士たちはブルブルと体を震わせる。強すぎる。

「お、おまたせしました！」

ウェイトレスが焼き鳥とビールを持ってくる。速い。十分も経ってないと思うけど……商売人の鑑《かがみ》だ。

「じゃあ！　いただきます！」

バクバクバク！　すごい勢いで焼き鳥が無くなっていく。

「食わねえのか？　うまいぞ」

ティアが殺気を出しているのに平然と飯を食う。凄すぎる。

「ここは魔界と違って本当に良いな。空気は澄んでて、飯はちゃんと食える。あっちは魔王ゼラの瘴気《しょうき》で息が詰まる。火山の噴火で噴煙も酷いし」

「はぁ」

ガクガクガク。

「飯もうまい。あっちはモンスターたちで共食いするしか食料がねえ。なのに人間軍と戦争になっちまったから飯もろくに食えない状況だったんだ」

ガクガクガク！

「お前の仲間になって良かったぜ！　これからもよろしくな！」

ガクガクガクガクガクガクガクガク！

「……悪かったよぉ。取って食わねえから怯えるな」

「無理があるでしょ！」

女性は男性が無理やり迫ってくると、恐怖を感じると聞いた。その気持ちがよく分かった！

「あまりにもお前が良い男でな。ついテンションが上がっちまった。謝るから許してくれ」

「なら帰ってください」

「それはダメ。俺はお前が大好き。離れられない」

「勘弁してくださいよぉ……」

がっくりと項垂れる。すると隣に座るティアがグイッと身を乗り出す。

「れ、麗夜に手出ししたら殺す！　絶対に殺す！」

「心配するな。俺は無理やりは絶対にしない。相思相愛でお互い納得して我慢できないって感じでベッドに入らない限り絶対に手出ししない」

真っすぐな瞳で断言する。心配よりも頭痛くなってきた……。

「お、う……分かればよろしい……」

ティアは訳が分からないといった表情で椅子に座り直す。俺も何言ってるのか分からない。

……ああもう……無理やりしないって言ってるんだから怯えるな！

というか、これ以上主導権を握られたら頭が禿《は》げる！

気を強く持て！　俺のほうが強いんだ！

「朱雀は何でここに？　言っておくけど俺に会いに来たなんて言ったら地平の彼方までぶっ飛ばす」

とにかく事情を聞く。そうしないと始まらない。

「お前に……じゃなくて、亜人たちに人間を攻撃させるためだ」

むしゃむしゃと焼き鳥とビールを食べ続ける。変なこと言いかけたが、キリが無いので無視する。

「なんで？　魔軍は亜人の力が欲しいくらい困ってるの？」

「一週間くらい前か？　人間軍に魔軍がやられちまった。勇者って奴らが中々強い」

クラスメイトだ！　一応、頑張ってるんだな。

「やられたなら、戦争なんて止めたほうが良いんじゃない？」

「それができたら苦労しないって話だ」

「苦労しない？　魔軍はどんな状況なんだ？」

「魔界には飯が無い。だから飯を求めて人間領に攻め込んでる」

朱雀は焼き鳥を全部食べるとビールを飲み干す。結局一人で全部食べちゃったよ。

「魔界に飯が無いから人間領に攻め込んでいるのか」

単純だが難しい話だ。

「ただまあ、このままだと、いずれ勇者に殺されて終わりだけどな」

朱雀は不機嫌そうに鼻を鳴らす。

「魔軍の誕生、そして問題点を語る」

下を向いて盛大なため息を吐く。そして再度顔を上げる。

「魔王は魔界にたくさん居る。なぜなら魔王の定義は知識を得た魔物だから。だから偶然魔王になる奴なんて星の数ほど居る。だがそうなると、誰が本当の魔王か分からなくなる。何せ全員魔王だからな」

納得できる話だ。何せ俺の周りには三人も魔王になってしまった魔物と獣が居る。

「ある意味民主的だ」

「話し合いができるほどの頭があれば良かったんだけどな」

朱雀は舌打ちとともに足を組む。先ほどよりも明らかに機嫌が悪くなっている。

「姉ちゃん！　ビールお代わり！　あとサラダとソーセージ持ってきて！」

「わ、分かりました！」

厚かましい奴だな。遠慮しろよ。

「話を戻すが、魔王は魔界にたくさん居る。そして魔王は協調性が無い。するとどうなると思う？」

「魔王決定戦か？」

「ある意味その通り。本質的には飯の取り合いだが、その飯は敵側の魔物だ」

「どっちの種族が生き残るべきか。それが争いの本質か」

骨肉の争いだ。おまけに不老不死となったら手が付けられない。

「しかし、それならなぜ今さら人間領に攻め込む？　真の魔王が決まったのか？」

「焦るな焦るな。本題はこっからよ」

息をひそめたところで、注文したビールが届く。

「おまたせしました！」

「速いな！　気に入ったよ姉ちゃん！　もしも男だったら口説いてたぜ！」

こいつ、殴ったほうが良いかな？

「こっちは真面目に話してんだぜ？」

「怒るな怒るな。暗い話なんだからビール飲みながらじゃねえと話せねえ」

ごきゅごきゅと喉を鳴らしてビールを一気飲みする。

「ぷはー！　効くぜー！」

ベキ！　我慢できなくなってぶん殴っちまった！

「いてぇな！　さっきからポコポコブスブス酷いぜ！　笑ってっけど俺だって我慢してんだ！」

「良かった……効き目はあったのか」

無敵だったらどうしようかと思ったが、心配いらなかった。

「話に戻って」

「分かった分かった！　全く、嫌われたもんだぜ」

ハーと大きくため息を吐くと、話に戻る。

「決着がつかない戦争は誰でも嫌になる。そこで誰かが言った。人間を食えばいいと」

「なんとも言えない理由だ」

我慢比べに負けたような感じだ。

「異を唱える者も居た。断っておくが人間びいきって訳じゃない。弱い種族の魔王だ。仲間も自分も殺されるって分かっていたんだ。だがそうすると賛成派が、『じゃあ先にお前らから死ね』って感じで反対派を攻撃した。第二次魔王大戦って言えばいいのかな。そうやって反対派を倒していく中でバラバラだった魔王たちが一致団結した。それが魔軍の誕生だ」

なんかもう、何だろって感じだ。知識を得ると人間と同じ歴史を歩むのか？

「魔軍って名乗るくらいだから軍隊なんだろ？　なら最高司令官が真の魔王で良いだろ？」

「魔王たちは面倒だから押し付けてるだけ。真の魔王は自分だと譲らない」

組織的にガタガタだな。

「本当だったら、内乱を先に終わらせてから攻め込むべきなんだけどな。魔王たちは気が短いから、腹が減ったと喧しい。魔王ケイブルはその声に押されて、まだ内乱の最中なのに人間に攻め込んだのさ」

「なんだそれ」

ため息しか出ない理由だ。

「おまけに作戦を決めても各魔王は好き勝手に戦う。人間を食うために我先にと突っ込む。意見は纏まっているが行動はバラバラ。だから今日まで人間軍を攻めきれなかった。飯食うのに忙しいからな」

ギシッと背もたれに背中を預ける。

「魔軍は軍と名乗っているが、実態は愚民政治だ。下手に知恵を持ったのが運の尽き。馬鹿のままだったら、今以上の馬鹿にならなかったのに」

何も言えず沈黙が訪れる。

「そんな理由だったとは」

話を聞いていた亜人騎士たちは口々に感想を言い合う。

「そうだ！　麗夜！」

朱雀はポンと手を叩くと身を乗り出す。

「真の魔王になってくれ！　お前が魔軍の最高司令官になってくれ！　そして魔王たちを導いてくれ！」

「ちょっと待て！　俺は人間だぞ！」

人類の敵になっちまう！　クラスメイトと殺し合いになっちまう！

「今すぐ答えを出す必要はねえ。ただ、断言しておく」

朱雀はニヤリと笑う。

「お前に勝てる魔王は居ない。その気になれば、明日にでも魔軍の最高司令官になれる。なぜなら魔物は力こそすべて。お前には力がある」

何も言えなくなる。

「二代目魔王麗夜！　お前が望めば、総勢五百の魔王と百万の魔軍が跪《ひざまず》く！」

第八章　可愛いドラゴンとワイバーンが仲間になりました

飯を食い終わると夜になっていた。今日は何もしてないのに疲れた……。

「朱雀はこれからどこに住む？　言っておくけど俺の家に来たら焼き鳥にするぞ」

「つめてえな！　でも大丈夫！」

朱雀は警戒する騎士の一人を捕まえて、肩を組む。

「俺はこいつらの家に行く」

「えええええ！　私たちの宿舎に来るつもりか！　ゲイのお前が！」

騎士たちの顔面が真っ青になる。

「どうせしばらくは俺を見張るんだろ？　なら俺がお前らの家に行きゃ良いだけだ」

「そ、そんな！　せめて牢獄に入ってくれ！」

騎士たちはブンブンブンブンと、頭がすっぽ抜けるかと思うほど首を振る。

すると朱雀が、キリッと大真面目な表情を作る。

「おいおい！　そんな寂しいところでお前らを見張らせる訳にはいかねえ！　俺はそんな酷い男じゃねえ！　あったけえ部屋で、酒を飲みながら、存分に！　隅々まで！　全員で！　俺を見張ってくれ！　できれば騎士団全員で！　あの王子様も一緒に！」

下心丸出しだ。

「麗夜殿！　助けてください！」

俺に振るな。頭がさらに痛くなる。

「騎士は勇敢だからね。頑張ってね」

ひらひらひらっと手を振る。

「麗夜殿！　酷いです！」

「ダメだ！　逃げろ！」

騎士たちは背中を見せて朱雀から逃げる。

職務怠慢だぞ。

「エルフってのはシャイだね。俺には麗夜が居るのに滾《たぎ》っちまう！」

どうにかしてこいつ殺せないかなぁ～？

「そんな訳で俺はあいつらのところに居るよ。ちょくちょく会いに行くから寂しがるなよ。もちろんお前から来ても良いんだぜ！」

「二度と来るな」

ビシ！　ハグしようとしたので伸びてきた手を叩き落とす。

「うーん。嫌われちまったなぁ……でも第一印象最悪から、徐々に恋人になるのはテンプレだから問題無いな！」

「さすがに切れるぞ？」

イライライラ！

バサッバサッ！　イライラしていると上空から無数の羽音が聞こえる。

「なんだ？」

見上げると、朱雀が連れてきたワイバーンとドラゴンが困り顔で飛んでいた。

「ごしゅじん……ぼくたち、どうする？」

「おっと……そう言えばお前らが居たな」

バサバサと土埃が舞い上がるとくしゃみが出る。見苦しいから早く結論を出せ！

「麗夜！　こいつらやるよ！」

ペットをやるみたいな風に言うんじゃねえ！

「待てこいつらはお前の部下だろ」

「俺はお前の恋人兼部下になった。だからこいつらはお前の部下だ」

「誰がお前の恋人だ！　誰がお前を部下にするか！」

「俺とお前の仲だろ？」

「図々しいねお前」

ワイバーンとドラゴンは戸惑って、キョロキョロと俺と朱雀を交互に見る。

「どうしてもダメか？」

「ダメだ！」

「なんで？」

「お前が連れて来たんだからお前が面倒見ろ！」

「俺が面倒を見るか……」

朱雀は困り顔のドラゴンと対照的に笑顔で手を振る。

「よし！　お前らはここで暮らせ！　じゃあな！」

こいつ、部下を捨てやがった！

「ちょっと待て！　お前が連れて来たんだろ！　なのになんだその態度は！」

ワイバーンとドラゴンはオロオロと涙目だ！　可哀そうだと思わないのか！

「何って？　魔物だぜ？　自分のことは自分でやる。それが普通だろ？」

朱雀は俺や騎士を口説いた時と違い、ふざけた様子も無く、真顔で言った。

「お前の仲間だろ？　責任もって面倒見てやれよ」

「面倒は自分で見るもんだ。それが自然の掟だ。だいたいこいつらはガキじゃねえ。牙も爪もある。ならほっといて良い」

飼っていたペットを平気で捨てる飼い主みたいな口ぶりだ。

「野良《のら》ドラゴンに野良ワイバーン？　こんなにたくさん居たらエルフの国が困るぞ？」

「それは知らねえよ。こいつら如きで滅亡するならこの国が弱すぎるだけ。こいつらが負けるならこいつらが弱すぎるだけだ」

ああそっか。こいつは結局、魔王なんだ。

「分かった。もう何も言わない」

少し残念だ。

魔王だけど、亜人や人間に友好的だから安心できる奴だと思った。

実際は自分の仲間にすら冷たい奴だった。

「もしかして、怒ってるのか？」

仏頂面していたのか、朱雀が気まずそうにする。

「言っておくけど、これが魔界の常識だ。自分のことは自分でやる。死ぬのだって自分の責任だ」

「でも、お前は魔王だ。皆を守る役目がある」

「自分の面倒は自分で見る。それが魔界の掟であり、それが魔王としての接し方だ」

「でもこいつらはお前の命令でついてきたんだろ？　無責任だ」

「強者に従うのは弱者の役目。人間には理解できないと思うが、魔界では普通の考えだ」

「理解したくないことだ」

残念だがこれ以上話しても無駄だ。

朱雀は魔界で生きてきた魔王だ。俺たちとは常識が違う。

「こいつらは俺が引き取る。文句無いな」

朱雀の目がカッと見開く。

「なら俺も引き取ってくれ！」

「死ねぇえええええええ！」

バキン！　拳を顔面に叩き込む！

ベキベキベキ！　そして渾身の力で振り抜く！

ベゴン！　頭から地面に叩きつける！

「ぐ！　ぐ！」

朱雀はピクピクと痙攣する。

殺す気で殴ったのに、しぶとい。

「さ、さすがのいっぱつだぜ……おれの……いちばんぼし……できれば」

「それ以上言わせねえよ」

ベキ！　踵《かかと》で顔面を踏み潰す。

「きゅ……」

ガクリと朱雀は気絶した。

「こいつ埋めよっか」

ティアがいつの間にか、スコップを構えている。ご丁寧に、タオルハチマキにジャージの完全武装だ。

「やるか。もしかすると封印できるかもしれねえ」

俺もスコップを装備する。

「やってみることは大事！」

ザクリ！　そしてティアと同時に土を掘る！

ザクザクザクザクザクザクザクザクザクザクザクザク！

「これくらいで良いか」

一秒で深さ1キロくらいの穴を掘る。

「ポイ！」

ティアと一緒に朱雀を穴に投げ入れる。

ひゅ〜〜〜〜〜〜〜〜〜〜う……。

どちゃん！

「鈍い音がした！　埋めるぞ！」

「おお！」

ザザザザザザザザザザザザ！

「終わった」

一秒で穴を埋めた。

「中々の強敵だった！　だが！　ティアたちに勝つには百年早かった！」

ティアは腕組みして満足そうに頷く。

「お前たちは最強だ。だが！　俺を殺すには百年早かったな！」

「うそぉおおおおおおおお生きてるぅううううううう！」

普通に朱雀が後ろに居た！

「俺は肉体が消滅したら、自動的に安全な場所で生き返る。あとワープスキルを持ってる」

朱雀は優雅にキセルを取り出すと、優雅に煙を楽しむ。

「麗夜、俺はお前に惚れた！　それは本当だ！　そしてティア！　俺は麗夜を好きな者同士、お前とも仲良くやりてえと思ってる！　最後は恋のライバルだが、その時は負けねえぜ！」

朱雀は言い切ると、背を向けて、手を振りながら去っていった。

「どうやったらあいつを殺せるんだ？」

「ティア、もしかして弱い？」

二人してガックリと膝を突く。

バサバサバサ。

「あの……だいじょうぶ？」

ワイバーンとドラゴンが傍に降りてきた。

「お前たちの魔王は強いな」

乾いた笑いが出る。

「うん……おとうさんたちにきいたけど……まおうさま……いちどもしんだことないばけもの……だって」

「仲間にすら化け物呼ばわりされてるのか」

当然と言えば当然か。

「まあいい！　俺たちのほうが強い。殺せないのは残念だが、撃退することはできる」

ポンポンとティアの頭を撫でる。

「それはそれとして、お前たちは俺と一緒に来い。飯食わせてやる」

「え！　……いいの？」

ワイバーンとドラゴンが一斉に首を傾げる。

「俺が良いって言ってんだから良いんだよ」

「でも……そんなひと……いなかったよ？」

「じゃあ俺が初めての人だな。つべこべ言わずに来い」

返事を待たずに歩き出す。

「いく？」

「いく」

ワイバーンとドラゴンはのっしのっしと歩き出す。

「麗夜の声って凄いね！　皆、麗夜のこと好きになっちゃう！」

歩いていると、ティアが隣で振り返り、ワイバーンとドラゴンを見て微笑む。

「好き？　そうか？」

正直実感がない。

「ほんとほんと！　ティアはワイバーンとドラゴンの言葉は分からないけど、雰囲気で分かっちゃう！」

ぴょんぴょんと飛び跳ねる。

「嬉しそうだな」

「嬉しいよ！」

ティアはギュッと手を握る。

「麗夜に会えて良かった！　私たちは麗夜に会えなかったら、何も知らないでぷよぷよしてるだけだった！　だからありがとう！」

満面の笑みに照れる。

「突然どうした？」

「えへへ！　何でもないよ！　ただ、麗夜が傍に居て、嬉しくなっただけだから！」

可愛すぎる！　俺もお前が傍に居るだけで嬉しい！

「それはそれとしてどこで飼おうか？」

どこで飼うか全然考えてなかった。

「このままだと俺は勢いでペットを飼ったけど結局捨てるダメ人間になってしまう」

そんな最低な人間にはなりたくない。

「よし！　あいつを頼ろう！」

そんな訳でラルク王子に相談する。

「ドラゴンやワイバーンを飼うって……」

なぜかドン引きされた。

「ダメなの？　友達でしょ？　見捨てないでしょ？」

ずずっと顔を近づける。

「分かった分かった。だからそうプレッシャーをかけるな」

ラルク王子は鼻の頭を掻く。なぜ顔が赤い？

「ここから約10キロ離れたところに、エルフ家の別荘がある。森と山に囲まれた場所で近くに湖もある。あそこなら亜人たちも怖がらないだろうから、そこで飼え」

「滅茶苦茶気前良いね。自分で言ってびっくりした」

「友達だろ？」

カッコつけた笑みが実に似合う。

「ありがとう。助かった」

これで場所は確保できた。あとは引っ越しするだけだ。


ワイバーンとドラゴン、それにティアとギンちゃんとハクちゃんを連れて、別荘に行く。

別荘は丸太で組み上げたロッジだった。

大きさは今まで住んでいた家の十倍はある。日当たりも良いし風も気持ちいい。

別荘の周辺は大きく開けていて、ワイバーンやドラゴンが離着陸できる場所もある。

「おっきい！」

ハクちゃんは別荘に着くと目を輝かせる。

「住み慣れた縄張りを離れるのは嫌じゃ……」

対してギンちゃんは綺麗な耳を垂れ下げる。

「機嫌直してよギンちゃん」

さっきからこの調子だ。困ってしまうが、家族だからご機嫌取りをしないといけない。

「そもそも私はこんな奴ら飼うの反対じゃ！　ハクやお前たちが襲われたらどうする！」

犬歯をむき出しにして威嚇する。

「こわい！」

ワイバーンとドラゴンは、ギンちゃんの迫力に怯えて天高く舞い上がる。

するとハクちゃんの耳がしおしおと倒れる。

「お母さん。見捨てたらあの子たち可哀そうだよ？　一緒にお世話しよ？」

「ダメじゃダメじゃ！　あんな奴ら飼う余裕なんぞ無い！」

まるでペットを拾ってきた子供を叱るお母さんだ。

「でも、お母さんも私も麗夜たちに見捨てられたら死んでたよ？」

「うぐ！」

痛いところを突かれて目を泳がせる。

「私たちは誇り高い銀狼じゃ。あいつらみたいに噛みついたりせんから飼っても安全なんじゃ」

それを聞いて隣に立つティアがぷふっと笑う。

「最初はティアたちをかみ殺すって言ったのに？」

「うぐ！」

またまた痛いところを突かれると、今度はプイッとそっぽを向く。

「あれは冗談じゃ。私は麗夜やティアに噛みつくような酷い女ではない」

言い訳する姿は子供のようで可愛い。

「ギンちゃん。俺からのお願い。あいつらを見捨ててはおけないんだ」

「うう……」

尻尾がしなっと地面に垂れる。

「分かったわい」

ついに折れた。

「わーい！　大きい鳥さん！　お母さん許してくれたからこっちに来て良いよ！」

ハクちゃんはジャンプして手を振って皆を呼ぶ。

ハクちゃんは相変わらず天使だなぁ……。

「しかしあいつらは何匹居るんじゃ？」

ギンちゃんはまだまだ警戒しているぞと険しい目で彼らを観察する。

「ドラゴン五十四にワイバーン五十四、合計で百匹だ」

正直、町が一つ滅ぶ戦力だ。

おまけにこいつらは魔王朱雀の選りすぐりだ。国一つ簡単に滅ぼせる。

朱雀の奴、マジで亜人の国を滅ぼすつもりだったのか？　それともこいつらは魔界の標準的な強さの奴らなのか？

「おりていい？　つかれた」

ダイヤモンドのうろこをもつドラゴンがバサバサと近づく。

「良いよ」

「ありがと」

ドッシン！　ドシン！　ドシン！

一匹が着陸するとそれに続いて全員降りる。

なんてこった！　周りが足跡だらけになっちまった！

「うがぁああ！　せっかくの新居の庭がぁああ！　私たちの縄張りが滅茶苦茶にぃいい！」

ギンちゃんは、ムンクの『叫び』と同じ姿で叫ぶ。

「うわぁああ！　おっきい！」

一方ハクちゃんは、エメラルドのうろこを持ったドラゴンの体によじ登る。

「やっぱり捨てて来るんじゃ。私たちにペットなんぞ必要ないんじゃ！」

まるで壁紙を猫にバリバリに爪とぎされたお母さんだ。

「ここは俺の屋敷！　家主の俺が良いってんだから良いの！」

「私はお主の家族じゃ。家族の意見を無視するでない！」

うーむ。本当に親子喧嘩みたいになってきた。

「ギンちゃん。明日になったら、あの子たちは別の場所に移すから、今日は泊めてあげて」

ティアが両手を合わせて可愛らしくお願いする。まるで口うるさいお母さんを宥めるお姉さんだ。

「ティアといえどもダメじゃ。よそ者はこの家にいらん」

話が堂々巡りしてる。しかもどんどん意固地になってる。

どうやって説得しようかな？　さすがにギンちゃんが納得しないまま飼う訳にもいかない。

「お母さん！　め！」

そこでハクちゃんが目を吊り上げて怒る！

「私たちは死にそうなところを麗夜に助けてもらったんだよ。あの子たちも麗夜に助けて欲しいんだよ。なら助けてあげようよ！」

「ううう……そうじゃが……」

ハクちゃんの会心の一撃にギンちゃんが怯む。

「し、しかしの？　ドラゴンとワイバーンじゃぞ？　噛みつくかもしれんぞ？」

「麗夜が居れば大丈夫だよね！　お母さん噛みつかなかったもん」

ギンちゃんのしかめっ面が面白い。

「ペットの世話は大変なんじゃぞ。途中で嫌って言ってもダメなんじゃぞ」

「麗夜もティアも、お母さんのお世話は楽しかったって言ってた！　私もいっぱいお世話された」

ギンちゃんはグググッと言葉を詰まらせる。

「麗夜！　お主は本当にええのか！」

「ハクちゃんに口で勝てないから、俺に矛先を変えた」

「うるさいんじゃ！　言っておくが私はこいつらの面倒なんぞ見ん。となるとお主がするんじゃ。ティアがするんじゃ。そんなことしたら料理屋はどうするんじゃ」

「落ち着くまで休業する」

ギンちゃんが絶句する。

「な、なんじゃと！　あれほど繁盛して人気が出とるんじゃぞ。私とハクも一生懸命頑張っとるんじゃぞ！　それなのに投げ出すのか！　そんなの雄がすることじゃないわ」

「魔軍が本格的に亜人の国に接触してきた。それは一触即発の緊急事態だ。そんな中でのんびりと料理屋なんてできない」

「うううう！」

どんどんギンちゃんの耳と尻尾が垂れていく。

「それに、あいつらを捨てたら餌を求めて亜人の国で暴れまわる。あいつらは魔軍に捨てられたんだ。そうなると大惨事になるぞ」

最後は叱りつける勢いでまくし立てた。

「ワワ、私は皆のためを思って言っとるんじゃ～～～」

ついに膝を突いて泣き出してしまった。

「お母さん、よしよし」

ハクちゃんはギンちゃんが泣き出すと急いでドラゴンから降りて、頭をよしよしと撫でる。

母親なのに娘に慰められるのか……。

「いやじゃ～私たちの家によそ者なんぞいやじゃ～私はハクと麗夜とティアの四人で暮らしたいんじゃ～」

「お母さん、泣かないで」

むせび泣くギンちゃんをハクちゃんが宥める。どっちが娘だ。

「今日だけ我慢してくれ。明日には別の場所に巣を作るから」

「ひっぐ！　ひっぐ！　……ぜったいじゃぞ……」

こうしてギンちゃんは渋々納得した。

だがハクちゃんに支えられて家に向かう姿を見ると、まだまだ不安だった。

「ギンちゃんは優しいから大丈夫だよ。二、三日したら自分からお世話するよ」

ギンちゃんの扱いに慣れているティアは面白そうにクスクスと笑った。

「だいじょうぶ？　けんかしてたけど」

ギンちゃんが去ると、のっしのっしとダイヤモンドのドラゴンが様子を窺いに来た。

「大丈夫。安心してくれ」

伸びてきた頭を撫でる。

「よかった」

グルグルと喉を鳴らして喜んだ。デカい犬か猫みたいだ。

「さっそく飯だ！　腹は減ったろ！」

生成チートの出番だ！

正直これがあったから飼うことができる。無かったら家計が火の車だ。

「わーい！　ごはん！」

「ごはん！」

「やった！」

ドラゴンたちとワイバーンたちは翼を広げて喜んだ。ならばいっぱい食べさせてやるのが、飼い主の役目だ。

「百匹で、しかも体がデカい。ならば10トンくらい必要か？」

生成チートで10トンの牛肉を作り出す。

肉の塊が庭のど真ん中に、でん！　と現れる。

「全部食え！　足りなかったらもっと作ってやる！」

「わー！　ありがとう！」

ガツガツガツ！

10トンの肉が見る見るうちに消えて行く。

「なんかハゲワシに襲われる人間みたいだ」

他人が見ると恐ろしい光景だ。

「もっとたべたい！」

十秒で食らいつくした。さすがドラゴンとワイバーン。体がデカいだけある。

「ティアもお腹空いた……」

じゅるり！

「先に家に入っていいぞ」

「うむ！　何か食べてくる！」

ティアは涎を垂らしながら家に入った。

「さてと」

とにかく腹を空かせたドラゴンとワイバーンたちに飯を食わせないといけない。

「もう10トン行くか」

再度チートで牛肉を10トン用意する。

「言っておくが、残すなよ？」

「うん！」

再びドラゴンとワイバーンは肉をがっつく。

「もっとたべたい」

そして瞬く間に食べてしまった！

結局百匹のドラゴンとワイバーンは、１０００トンの肉を一時間で食い尽くした。よほど腹が減ってたんだな。

「こんなにいっぱいたべたのはじめて」

「おなかいっぱい」

ドラゴンたちは大欠伸とともに地面に寝そべる。体だけでなく羽までだらっと垂らす姿は、まさに神話を見ているようだ。

お腹がデブ猫みたいにポッコリ出ていなければね。

「おなかいっぱい……きもちいい」

「ねむい……」

ワイバーンたちは鳥のように直立不動のまま、眠そうに瞼をパチパチさせる。

その雄々しさは名画を見ているようだ。

お腹が鶏のように膨れていなければね。

「次は毛づくろいだな」

ペットを清潔にするのは飼い主の役割だ。

「麗夜、まだご飯食べないの？」

家の玄関からティアの声がした。時計を見ると、もう深夜の十二時を回っていた。

確かに腹は減ったが、こいつらを放っておけない。

「こいつらの世話がある！」

「ほんとに大丈夫？　無理してない？」

「大丈夫だ！　心配するな！」

グッと親指を立てる。

「ふふ！　分かった！　先に寝るね！」

ティアはぶんぶん手を振って家の中に戻った。

「ささて……やるか！」

先ほどから足元をぴょんぴょん飛び回る巨大なノミを踏み潰す！

「さすが魔界のノミ……一筋縄じゃいかねえか」

こいつらの体にはあちこちにノミが居る。遠くから見ても、ピョンピョン体を跳ね回る姿が見える。

しかも親指サイズと特大だ！

「やるぜ！」

大剣よりもデカいブラシを作り出す。

ドラゴンは尻尾まで含めると全長6メートル、ワイバーンは2メートルある。

普通のブラシじゃ埒が明かない。

「体を擦るぞ」

ダイヤモンドのドラゴンの頭をペチペチ叩く。感触はずっしりと硬い。

「いいよ」

うっとりとした声でそう言って瞼を閉じる。

遠慮せず、ごしごしとブラシで擦る。

「わーお！　ブラシがダメになった」

ダイヤモンドドラゴンの肌は、ダイヤモンドのヤスリだった。

「しかもこのノミ！　どんだけ歯が頑丈なんだ！」

親指大のノミはダイヤモンドの肌を噛み砕いて血を吸っていた。

「規格外すぎる」

呆れながらダイヤモンドの肌に食いついていた一匹をむしり取る。

「なにすんねんちいすうとるときに……うまそうやなおまえ」

ノミが関西弁喋りやがった！

「死ね！」

ブチ！　ふざけたこと言うノミを握り潰す。

「特大ブラシがダメ？　チートを舐めるなよ！」

俺のじゃないけど。というか本当に鈴木はアホだ。なんで魔剣しか作らなかったんだ？

「特大のダイヤモンドで作ったブラシなら良いだろ！」

ギラギラと夜空に光り輝くダイヤモンドのブラシを、ダイヤモンドドラゴンの肌に当てる。

「行くぜ！」

ガリガリガリガリガリガリガリ！

ブラッシングの音じゃない。工場で鉄板か何かを削る音だ。

ボロボロボロボロ！

ダイヤモンドドラゴンのうろこが落ちる。拳大のダイヤモンドだ。まじでいくらする？

「ああ……そこきもちいい」

ダイヤモンドドラゴンは痛がる様子も無く、気持ちよさそうに尻尾を振る。

「うおおおおおおおお！」

ひたすら磨く！

ガリガリガリガリガリガリ！

「ねる……」

パタンとダイヤモンドドラゴンが尻尾を下ろした時、ようやくブラッシングが終わった。

「逃げるなてめえ！」

俺の仕事は終わらない。危険を察知して逃げ出した巨大ノミを一匹ずつ潰す。

「ひでえな。わいかていきとるんやで」

「喧しい！」

何で虫の声まで分かるんだよ。俺が悪役みてえじゃねえか。

「次だ次！」

逃げたノミを倒しても仕事は終わらない。あと九十九匹残ってる。

「次はエメラルド色の君だ」

こいつはエメラルドドラゴンと名付けよう。

「くぅ」

猫のようにいびきをかいて寝ている。

眠っていてもお構いなし。さっさとブラッシングだ。

「うおおおおおおお」

ギャリギャリギャリギャリ！

ボロボロボロボロ！

拳大のエメラルドが落ちる。

「なにしやがんでい」

「うるせえ！」

親指大のノミを潰す。

「次！」

今度は黄金の肌をしたドラゴンだ。ゴールデンドラゴンと名付ける。

ガリガリガリ！

拳大の黄金が落ちる。

「なんやおまえ」

「お前がなんだよ！」

親指大のノミを踏み潰す。

「うおおおおお！」

悪戦苦闘！　魔界のドラゴンたちの肌は尋常じゃなく硬かった。

「次はワイバーンだ！」

まだ眠れない。あと五十四のワイバーンが居る。

「ワイバーンの肌は爬虫類《はちゅうるい》のうろこみたいだな」

ペタペタと触る。筋肉質でかなり分厚い肌だ。

しかも滅茶苦茶硬い。鉄砲でも貫けないいんじゃないか？

「すぅ……すぅ……」

ワイバーンたちは立ったまま爆睡している。

鳥だ。

「ダイヤモンドドラゴンよりもマシだな」

今度は特大ブラシで充分だ。

「行くぜ！」

ゴシゴシゴシゴシ！

ブラッシングの音で安心するみたいだ。

「きもちいい……」

むにゃむにゃと寝言を言う。

それを聞いている暇はない。

「終わり！」

一匹ブラッシングするのに特大ブラシを五本も使ってしまった。

肌が予想以上に硬い。それにうろこが絡まる。

「そこだ！」

もちろんノミは見逃さない。

「おめえわいらにうらみがあるんかい」

「うらみはないが死ね！」

そろそろ夜が明ける。

早く寝たい……。


「ふにゅ～～良く寝た」

ベッドでティアが目を覚ます。隣ではギンちゃんとハクちゃんが熟睡している。

「……麗夜が居ない！」

ベッドには麗夜が居なかった。まだお世話をしているのだ。

「早く麗夜を手伝わないと！」

さすがに無理しすぎ！　そう思ってベッドから飛び降りると、ダッシュで庭に出た。

「……あは！」

そして、庭の光景を見て微笑んだ。

「ありがとう。きもちよかったよ」

「おなかいっぱいになれたよ」

ドラゴンやワイバーンが、疲れ切っていびきをかく麗夜の頬を舐めていた。

ティアはドラゴンやワイバーンの言葉が分からない。

でもその光景から、麗夜が頑張ったことを察する。

「お疲れ様」

ティアは汚れ切った麗夜の頭を撫でた。

「……このノミやろう……」

麗夜は気持ちよさそうに寝言を言った。

気ままなおっさんの異世界ぶらりファンタジー、開幕!

神様のミスで、異世界に転生することになった四十路のおっさん、憲《のり》人《と》。お詫びにチートスキル9個を与えられ、聖獣フェンリルと大精霊までお供につけてもらった彼は、この世界でしか味わえない魔物グルメを楽しむという、ささやかな希望を抱く。しかし、そのチートすぎるスキルが災いし、彼を利用しようとする者達によって、穏やかな生活が乱されてしまう!?　四十路のおっさんが、魔物グルメを求めて異世界を駆け巡る!

◆定価:本体1200円+税　◆ISBN:978-4-434-27773-3　◆Illustration:蓮禾

この作品に対する皆様のご意見・ご感想をお待ちしております。
おハガキ・お手紙は以下の宛先にお送りください。

【宛先】
〒150-6008東京都渋谷区恵比寿4-20-3恵比寿ガーデンプレイスタワー8F
（株）アルファポリス　書籍感想係

メールフォームでのご意見・ご感想は右のＱＲコードから、
あるいは以下のワードで検索をかけてください。

アルファポリス　書籍の感想　検索

ご感想はこちらから

本書はWebサイト「アルファポリス」（https://www.alphapolis.co.jp/）に投稿されたものを、改稿、加筆のうえ書籍化したものです。

異世界《いせかい》に転移《てんい》したから
モンスターと気《き》ままに暮《く》らします

ねこねこ大好《だいす》き　著

2020年10月2日初版発行

編集－宮本剛
編集長－太田鉄平
発行者－梶本雄介
発行所－株式会社アルファポリス
〒150-6008東京都渋谷区恵比寿4-20-3恵比寿ガーデンプレイスタワー8F
TEL 03-6277-1601（営業）03-6277-1602（編集）
URL https://www.alphapolis.co.jp/
発売元－株式会社星雲社（共同出版社・流通責任出版社）
〒112-0005東京都文京区水道1-3-30
TEL 03-3868-3275
イラスト－ひげ猫
URL https://www.pixiv.net/users/15558289
デザイン－AFTERGLOW
印刷－中央精版印刷株式会社

価格はカバーに表示されてあります。
落丁乱丁の場合はアルファポリスまでご連絡ください。
送料は小社負担でお取り替えします。

ISBN978-4-434-27439-8 C0093